L'Enfant et le Concerto

Sébastien Balibar

L'Enfant et le Concerto

Odile Jacob

15, rue Soufflot, 75005 Paris

www.odilejacob.fr

ISBN : 978-2-4150-0027-1

Entrée

Les mains dans l'eau chaude.

Pendant une heure.

C'est cela que j'aurais dû faire.

Et de l'eau de source, pas du robinet, et jusqu'aux coudes !

Prendre aussi une pilule pour me décontracter et mettre des doubles mitaines ensuite…

Et une autre pilule pour que mon sang circule…

En somme, faire comme Glenn Gould il y a cinquante ans !

…

Mais j'ai froid et pas de bêtabloquants.

J'ai les doigts gelés, la paume des mains moite, la gorge serrée, la mâchoire crispée et déjà mal au dos.

J'ai aussi le souffle court et, depuis deux heures, je m'agite désespérément.

Mais enfin, quelle idée m'a pris d'ignorer l'eau chaude ?

Et puis que suis-je venu faire sur cette affiche ? J'aurais dû laisser Anne, Sarah, Johannes et Sonia nous jouer tranquillement un de leurs quatuors préférés au lieu de leur imposer mon piano pour le concerto en *ré* mineur de Jean-Sébastien Bach.

J'aurais été bien dans la salle au lieu de cette estrade…
Et pourquoi mépriser les mitaines ? Mais quelle idée !
J'ai prétendu que je n'avais besoin de rien.
C'est ridicule, c'est absurde ! Qu'est-ce que je fais ici ?
Je vais m'en aller.
JE VAIS M'ENFUIR ! !
Pourquoi m'être mis dans une situation pareille ? Pourquoi ?
POURQUOI ?

Et puis toi, où es-tu ?

Toi qui aimais m'écouter, tu m'aurais aidé ? Non ? Mais à quoi bon penser à toi ? Tu es là ? Non, je te cherche et je ne te vois pas.

Cet auditorium aurait dû rester ce qu'il était, un marché couvert, bruyant et populaire.

Je serais venu ici pour acheter mes légumes, l'esprit vague et sans penser à qui que ce soit. Le dimanche, c'est cela que je sais faire, acheter des légumes, prendre l'air, rêver de bonne cuisine, inviter quelques amis…

Mais là j'étouffe.

Il faut que je sorte d'ici. J'ai besoin d'air !

Il faut que j'essaie de sourire un peu.

Je m'essuie les mains et je desserre les dents.

Quelqu'un a mis un grand piano noir dans cet ancien marché. C'est devenu un centre culturel, mais comment me hisser à ce niveau ?

Enfin quoi, ce grand piano noir, là, au milieu de la scène, ça ne peut pas être pour moi ! Non, ce n'est pas possible, pas pour moi.

Si ? Vraiment ? On l'a mis pour moi, ce grand Yamaha de concert ?

Pour le dernier enregistrement de ses *Variations Goldberg*, Glenn Gould avait joué, lui aussi, sur un Yamaha, mais il y avait été forcé : c'était pour remplacer l'un de ses deux Steinway qui était tombé d'un camion de déménagement...

Quoi qu'il en soit, peu importe, ce grand instrument ne peut pas être pour un « piano solo » comme moi. Quel besoin d'aller faire le soliste ? Et de le faire en public ? Des Schubertiades entre amis, de temps en temps, cela ne me suffisait pas ?

Tout cela est décidément absurde. Je devrais partir.

Je vais m'en aller.

M'en aller !

Par où pourrais-je m'échapper ?

Mais ils arrivent.

Déjà.

Presque tous mes amis.

Je les vois. Un par un, je les reconnais. Si je m'échappe, je vais les croiser un par un. Que vont-ils me dire ?

Même toi qui as l'habitude des scènes, tu es là. Je t'ai vu franchir la porte tout à l'heure. Tu as donc quitté ton théâtre pour venir m'écouter ? C'est gentil de ta part mais si je pars, que vas-tu penser ? Que je ne suis pas à la hauteur ? Que je ne suis capable de respecter ni Jean-Sébastien Bach ni Carl Philipp

Emanuel, son fils cadet ? Ils jouaient ensemble, eux, et ils avaient écrit ce concerto ensemble.

J'imagine le plaisir que cela a dû leur faire de créer un tel chef-d'œuvre ensemble, mais, ici, je me sens vraiment seul tout à coup.

Une telle musique mérite mieux que les approximations d'un amateur. C'est un désastre qui se prépare.

Je ne prouverai rien ce soir, sauf peut-être que je suis un pianiste ordinaire qui fait des efforts louables mais pour qui le niveau des professionnels est définitivement hors d'atteinte. Or ça, vous le savez tous déjà.

Pourtant, j'aimerais bien partager mon émotion, mon plaisir, mes idées sur ce chef-d'œuvre historique, sur le premier grand concerto de toute l'histoire de la musique. Ce n'est pas rien. J'ai un effort considérable à faire…

Mais comment cesser de me poser toutes ces questions ?

Comment ranimer mes doigts et détendre mes épaules ?

Comment réussir à nous faire simplement plaisir, à vous comme à moi-même ?

Ce concerto, je l'ai toujours admiré, adoré, abordé tout seul, abandonné, retrouvé… Il ne m'a jamais quitté. Quand j'étais petit, j'écoutais Gould le jouer. Je m'en souviens : c'était un vinyle noir dans une pochette claire. Je l'écoutais tout le temps. Sur la couverture, Gould souriait. Cette photo n'avait sûrement pas été prise un jour de concert !

J'ai toujours vécu avec ce concerto. Depuis toujours, il me tient compagnie. Fidèlement. Quand je l'écoute, depuis des décennies, il me détend si je tremble. Il me rassure si j'ai peur.

Il me calme quand une rude journée m'a énervé. Il me réveille quand la vie m'ennuie. C'est mon compagnon de chaque instant, mon porte-bonheur. Il m'a accompagné dans les pires moments. Il est l'intelligence et la délicatesse. Il est la beauté discrète.

Mais est-ce vraiment une raison pour le jouer moi-même ? Et en public ?

Enfin, il faut que je lui rende hommage ce soir. Que je le remercie. Ce n'est pas un numéro de virtuosité qu'il me faut mettre en scène, j'ai juste à me concentrer sur le plaisir dont nous avons tous envie.

J'ai besoin de penser au grand génie de la fugue et du contrepoint, mais aussi à vous, ce soir, à vous tous.

Je respire.

Au moins, ici, dans un espace pareil, l'acoustique devrait avoir de l'ampleur, les basses devraient être longues, tenir les sons sans mélanger les harmonies.

Voilà, c'est cela, il faut que j'écoute l'acoustique de cette salle.

Hier, on a répété ici et je l'ai trouvée bonne, ample, ronde, limpide et sans réverbération touffue. La sonorité de cet auditorium est accueillante.

Lorsque c'était encore un marché couvert, il devait régner ici un formidable brouhaha, mais aujourd'hui je vais m'accrocher à l'idée que la basse écrite par Bach sera longue, bien distincte, ininterrompue, propre, les fondations sans faille d'une belle harmonie ornée de mélodies, une vraie basse continue comme la tradition le voulait à Leipzig, il y a presque trois cents ans.

Et je suis sûr que Bach aurait aimé entendre son *ré* mineur sur un piano moderne dans une telle acoustique. Enfin, bien joué, évidemment… Mais ces puristes qui s'obstinent à prétendre que cette « musique d'époque » ne peut être recréée que sur « instruments d'époque », ils exagèrent un peu, non ? Moi, j'aime le son quand il est long, timbré, clair mais plein, doux, chaud. Le beau son. Sur un clavecin, ce serait difficile. À propos, la semaine dernière sur France Musique, Corinne Schneider a passé mon concerto dans son *Bach du dimanche*. John Eliot Gardiner et ses solistes baroques anglais interprétaient une version arrangée pour violon. C'était magnifique, très émouvant même, aussi expressif que le permet un violon mais difficilement un clavecin dont la puissance sonore est trop faible par rapport à un orchestre, enfin, à mon avis. À l'époque baroque, les musiciens aimaient déjà faire ce genre de transpositions. Bach aurait-il donc aimé celle d'Eliot Gardiner ? Après tout, n'en avait-il pas lui-même écrit une version préliminaire pour violon et orchestre ?

Penser à Bach. Au moins essayer. C'est ma seule chance. Mais quel défi !

Quoi qu'il en soit, il ne faut surtout pas que je pense à moi-même. Je ne devrais plus être narcissique, au moins essayer.

Et d'abord, un concerto, comme son nom l'indique, c'est un dialogue, un échange, une conversation. Un concerto, cela se joue ensemble, « de concert ». Je vais échanger mes phrases musicales avec Anne, Sarah, Johannes et Sonia qui ont pris le risque, elles et lui aussi, de monter sur cette scène ce soir. Je vais leur parler en *ré* mineur, une tonalité qui m'a toujours ému. Le concerto en *ré* mineur de Mozart, lui aussi, me trouble, avec ses contretemps et la légèreté de ses cadences.

On a réduit l'orchestre habituel à un quatuor à cordes, sa plus simple expression, cela va nous permettre d'alléger l'harmonie, de nous entendre distinctement et sans effort, de nous rassembler les uns les autres en nous écoutant respirer, de mieux assembler les tutti, d'équilibrer nos sonorités sans besoin d'un chef d'orchestre, de faire entrer et sortir les solos.

Quoi ? On devrait dire les *soli* ?

Italiens de tous les pays, ne vous unissez pas contre moi, je vous en supplie. Ce n'est pas le moment. Après tout, on dit bien des pianos, des sopranos, des fortissimos, des glissandos, des adagios, des prestos… des concertos ! J'aime l'Italie. Je vous demande humblement l'autorisation de m'approprier sa langue. Au moins un peu. Provisoirement.

Et puis calmons-nous enfin !

Je respire une fois de plus.

Et je n'ai que faire de toutes ces questions !

À nous cinq, on va profiter de la clarté d'un quintette et laisser la puissance orchestrale aux pros.

Il doit y avoir déjà trente ans que Peter Brook avait mis en scène *Carmen* aux Bouffes du Nord. Il avait demandé à Marius Constant de réduire l'orchestre à un seul instrument par pupitre. C'était d'une clarté et d'une lisibilité…

Magnifique !

On entendait tout. Chaque instrument et tous leurs échanges, leurs conversations entre eux et leurs conversations avec les chanteurs. *Carmen* était devenu un opéra intime. Et c'était splendide. Bouleversant. Enfin quoi, *Carmen*, c'est une tragédie, une corrida mais aussi une histoire d'amour !

J'aime la musique de chambre. Davantage que la musique symphonique que, pourtant, j'aime aussi. Même la *Mort d'Isolde* de Wagner, à sa version orchestrale d'origine, je préfère presque la transcription pour piano qu'en a fait Franz Liszt.

J'aime l'intimité, moins le grand spectacle. Ce soir on va jouer un concerto intime. On n'est pas dans un marché couvert. On est dans une salle de concert. Certes, mais une petite salle, où vous tous qui êtes en train d'arriver serez près de nous sur la scène, où vous nous écouterez, où nous entendrons le silence, où personne ne viendra cracher ses poumons au moment où je voudrais vous suspendre à la respiration de mes phrases.

Cela risque d'être difficile parce que, tout de même, ici, on doit bien pouvoir faire entrer deux cents personnes. Et la salle se remplit. Je vous vois arriver par deux, par quatre, par un tout seul. La salle devrait bientôt être pleine. Il faut dire qu'à cinq on a cinq fois plus d'amis et ils avaient presque tous envie de venir. Ne serait-ce que par curiosité.

Oh, mais cette curiosité-là ne me plaît pas. Pas du tout. Est-ce que je vais disséquer les faiblesses des autres, moi ?

Et qui sont ceux-là ? Ils semblent avoir froid.

Pourvu qu'ils éteignent leurs portables.

Si, ils vont tousser, je le sens.

Te souviens-tu de ce concert à Perros-Guirec ? Tu avais pris une quinte de toux au milieu des préludes de Chopin. Brigitte Engerer devait résister tant bien que mal à l'envie de te traîner dehors, mais elle restait concentrée sur son Chopin. Un Chopin à la mémoire de Bach, à propos, ses vingt-quatre préludes à lui aussi…

Alors tu t'es levé précipitamment. Tu as dérangé quinze spectateurs furieux pour aller tousser dans le hall d'entrée. Et là, tu te croyais loin mais la porte battante fermait mal et tu ne t'en rendais pas compte. On t'entendait labourer tes poumons autant que si tu étais resté.

Quel désastre ! L'hommage de Chopin à Bach était ravagé, broyé, anéanti.

Qu'aurais-je dû faire ?

Quand je t'ai retrouvé à l'entracte, je n'ai pas osé te reprocher quoi que ce soit. Nous étions allés au concert tous les deux, unis dans l'adoration, dans l'infini respect que tu m'avais transmis pour la musique. C'était notre communion à nous. À nous deux.

Mais aujourd'hui tu n'es pas là.

Je n'ai pas pu te prévenir.

Tu m'aurais écouté avec indulgence ? Vraiment ?

J'aurais pourtant aimé te parler de ce concert.

Tu serais venu ? De si loin ?

Mais cette distance entre nous, est-elle vraiment infranchissable ?

Je vais penser à toi et tu vas venir, venir m'aider, venir me dire que tu aimes ce que je joue, ce que je fais, que je n'ai pas tort de me lancer ces défis hors d'atteinte.

Viens !

Écoute-moi, pense au moins à moi !

Oh là là, ça sonne, ça va être à nous.

Un Steinway A

Pierre était né après la tourmente. La guerre, la seconde mondiale, s'était tue.

Et sa maman respirait enfin.

Elle et son papa avaient retrouvé un métier stable, un emploi dont on ne les chasserait pas pour d'infâmes raisons. Ils habitaient enfin chez eux, à Tours, une jolie petite ville très calme.

Plus besoin de se cacher, de dépendre de la courageuse générosité de quelques Justes.

Pour fêter peut-être le retour à une vie enfin tranquille, stable et détendue, sa maman avait choisi de mettre cet enfant au monde chez elle, dans son grand lit à elle, dans une maison qu'ils avaient louée, peu après la Libération, à la veuve d'un ancien député du lieu.

Cette maison offrait sa blanche façade au bord d'une rue étroite proche du centre-ville, un endroit particulièrement calme. À travers la rue, le silence était si profond qu'on entendait même le couple d'en face se chamailler, parfois. Un peu plus loin, au lycée de filles – à cette époque, les filles et les garçons avaient des lycées séparés –, on entendait aussi la récréation sonner toutes les heures. Cela rythmait la vie familiale.

Il faut dire qu'on aimait le travail, dans cette maison ! Le travail intellectuel qui exigeait silence et concentration. La lecture, la réflexion, la discussion, âpre parfois mais toujours respectueuse des arguments des autres. On y mettait de la passion mais on s'écoutait, on ne se coupait pas la parole. Chacun, à son niveau, participait à un concours d'érudition qui dérapait parfois vers une sorte de *Jeu des mille francs*. L'humour et le sérieux cohabitaient. Ah, cette vie de famille avait bien des qualités...

Selon la mode de l'époque, le petit Pierre aimait les voitures, les voitures de course bien sûr, et il surveillait le marchand de tracteurs voisin car il faisait ronfler les chevaux de sa décapotable en rentrant chez lui. Une Triumph TR3 du vert national dont les Anglais habillaient leurs bolides. Mais malgré ce marchand anglophile, c'était vraiment calme. Presque trop. À cette époque, il ne se passait rien, en fait, dans cette ville. Le calme plat au milieu des pierres blanches, à l'image de la Loire, après l'Occupation, après l'antisémitisme, après les bombardements.

Pierre aimait beaucoup sa maison, la rampe des escaliers sur laquelle il usait ses fonds de culotte, la cour où poussaient quelques marronniers plantés sans le savoir avec son frère et ses sœurs, au hasard des jeux de l'automne. Il aimait les quelques saxifrages aussi, et les œillets de poète qui survivaient dans la petite cour. Plus tard, il aimerait cultiver un vrai jardin, ou alors planter une forêt.

Au grenier, sous une respectable épaisseur de poussière, il avait trouvé quelques ustensiles pour cheminées, un vieux fauteuil, des revues d'avant-guerre. Il comparait les couleurs des différentes Marianne qui timbraient des cartes postales, serrées dans une boîte à chaussures. Il se demandait aussi pourquoi le timbre de certaines cartes montrait la tête d'un vieux moustachu portant képi dont il ne connaissait pas encore le nom.

Mais surtout, il avait trouvé un plateau. Avait-il été rapporté d'Indochine par le député ? Toutes ces zones irisées, c'étaient des ailes de papillons exotiques sous un verre protecteur. Ces papillons ne bougeaient plus, évidemment, et pourtant... étaient-ils vraiment morts ? En inclinant le plateau, Pierre en changeait les couleurs et se demandait bien pourquoi. Les couleurs, ça change, ça bouge ? À l'intérieur des papillons, ça coule ? Plus tard, les lois de l'optique l'intéresseraient, pas seulement les jardins. Mais pour l'heure, dans la pénombre de ce grenier, Pierre rêvait interminablement, c'était son royaume secret, le coin où il allait seul, en cachette, silencieux, loin des autres, mélancolique mais calme, heureux.

Au contraire, rien que d'y songer, descendre à la cave le terrorisait. On y respirait une autre poussière, de charbon celle-là, de l'anthracite russe que son père faisait livrer chaque année pour chauffer toute cette grande maison. Mais son frère lui avait fait croire que des rats y couraient, des « surmulots », disait-il, des monstres aux yeux brillants qui mordaient sûrement les petits garçons. Il avait déjà envie d'aller respirer l'atmosphère des montagnes ensoleillées, aucune attirance pour les sombres dessous de la Terre.

Malgré la présence de la veuve de député qui en occupait encore une partie, le petit Pierre trouvait cette maison vraiment grande pour sa famille de six personnes. Chacun y avait sa chambre. En haut régnait donc sa mère. Quant à son frère et ses deux sœurs, ils s'étaient vu attribuer toutes les pièces voisines dans le partage des lieux.

Pierre, lui, avait donc un petit lit en bas, près de l'entrée, dans ce qui avait dû être le bureau du député. C'était loin de sa mère. Un peu exigu aussi. Et même assez sombre. Le soleil n'y descendait pas.

Pierre était-il un enfant… regretté ?

Non, ce n'était pas possible.

Pas possible !

Absolument pas possible !

Non, pas regretté !

Et pourtant…

Quand Pierre pleurait, sa mère ne l'entendait pas. Alors il ne pleurait pas, puisque cela ne servait à rien. D'ailleurs il n'était pas malheureux, pas du tout. En fait, il ne s'ennuyait jamais. Jamais !

Pierre se voulait heureux.

Et quelqu'un l'aidait à cela.

Près de sa chambre, Pierre avait un compagnon, un voisin qu'il écoutait tous les jours.

Un grand voisin noir avec une belle voix de basse mais aussi de jolis aigus.

En effet, dans la pièce de séjour, en face de la chambre de Pierre, son père avait mis un grand piano noir. Pas un meuble en bois ordinaire où l'on aurait installé quelques photos de famille sous verre, ou pire, un vase de fleurs qui aurait pu, en se renversant, inonder la table d'harmonie. Non, un noble instrument à queue sur lequel seules des partitions avaient un permis de séjour. Un bel instrument dont son père ouvrait haut le couvercle les jours où le plaisir de jouer émergeait d'un lourd programme d'exercices techniques. Pierre découvrait alors des centaines de cordes tendues au-dessus d'une table d'harmonie aux chaudes couleurs.

C'était un Steinway de 1913, un quart de queue long d'un mètre quatre-vingts, un modèle A, comme disait l'accordeur.

Sous cette queue et sous le clavier, les trois pieds tournés trahissaient un style nettement passé de mode. Le pupitre lui aussi, avec ses volutes, avait un air postromantique de bien avant guerre. On avait acheté ce noble instrument d'occasion. Quant au vernis, il avait perdu son éclat depuis longtemps. Le passage répété des mains et des partitions… À la longue, l'ivoire du clavier avait un peu jauni, et le devant des touches était un peu ébréché. L'ébène des touches noires s'était irrégulièrement arrondie, laissant ressortir quelques veines, comme le dessus des mains d'un vieil homme. Mais ce vénérable Steinway était un très honorable instrument de musique qui n'aurait pas fait honte à un grand pianiste.

Il faut dire que son père passait entre ivoire et ébène toutes les heures que son métier de mathématicien lui laissait libres. Il paraît que les mathématiques exigent une telle concentration qu'on ne peut pas les pratiquer à plein temps, et que de là vient la grande proportion de mathématiciens pianistes : ils sont obligés de se détendre l'esprit à espaces réguliers, en quelque sorte de reprendre leur souffle intellectuel. Quoi qu'il en soit, son père vivait près de sa femme et de leurs enfants mais au moins aussi près de son vénérable Steinway A.

Et Pierre était aux premières loges. Il était loin de sa mère, mais il s'amusait, s'endormait, se réveillait, rêvait, se rendormait, commençait à lire, se parlait à lui-même, pensait déjà lui aussi, près de ce piano.

Son coin préféré ? C'était dessous. Tout simplement. Une imitation de tapis oriental y devait servir à adoucir l'acoustique, à amortir quelques résonances indésirées ou quelques réverbérations parasites. Et la bordure de ce tapis était la piste idéale sur laquelle ses Dinky Toys se disputaient d'innombrables victoires. Allongé au milieu de la piste, c'est-à-dire sous la table d'harmonie, Pierre mettait en scène le mariage contre nature de Bach, Beethoven et Liszt avec Ferrari, Jaguar et Gordini. Près du pupitre, un métronome, brune pyramide de chez Maelzel, réglait sans trêve, sans respiration, sans la moindre pitié, les exercices de trilles et les cascades d'arpèges de son maître, lequel ne se résignait jamais à jouer l'*Étude révolutionnaire* de Chopin en un temps supérieur à celui des champions, les Alexandre Brailowsky, Samson François, Vladimir Horowitz, György Cziffra... Pendant que ce métronome chronométrait des doubles-croches, Ascari doublait Fangio dans la ligne droite des Hunaudières, et Levegh cassait le moteur de sa Talbot-Lago à une heure de l'arrivée des Vingt-quatre heures du Mans.

Pierre était bien nourri. La guerre était vraiment finie. Seuls les approvisionnements en essence et en charbon posaient encore quelques problèmes. Pierre se mit donc à grandir, et même à acquérir quelques muscles prometteurs.

Pour ses 5 ans, sa grande sœur lui avait fait cadeau de son vélo. Il était d'un beau bleu foncé et Pierre apprit, non sans quelques chutes mémorables, à jouer au plus malin avec les lois de la pesanteur. Il découvrit le plaisir de pédaler, de lâcher son guidon, de se déplacer plus vite et plus loin qu'à pied, de se mettre « en danseuse », de sentir le vent siffler dans les descentes et ses petits adducteurs le brûler dans les côtes.

Mais chaque retour dans sa niche le remettait face à son désir le plus cher, toucher lui aussi ce clavier d'ivoire.

Seulement voilà, comment mettre un petit pied sur le territoire de son père ? Son père avait bien tenté d'initier ses trois plus grands enfants à la musique, mais Madame Z., la professeure de piano chargée de cette lourde responsabilité, avait une sorte de rigidité est-européenne capable de dégoûter plus d'un enfant de la pratique instrumentale, quels que puissent être ses goûts, son travail ou ses dons. Aussi, face à cet échec de l'éducation musicale des trois grands, leur père décida-t-il de se charger lui-même de mettre son petit dernier au piano.

Nouvelle erreur !

Comment être à la fois père et professeur ?

Sa maman expliqua à Pierre que Domenico Scarlatti avait un père musicien, Alessandro, qui avait encouragé son fils dès son plus jeune âge jusqu'à lui faire écrire un opéra à 18 ans. Écrire un opéra, c'était pourtant difficile !

Puis elle lui raconta l'histoire de Johann Ambrosius Bach, joueur de fifre, de violon et de trompette, qui initia à la musique son huitième et dernier enfant, le petit Johann Sebastian qu'on appelle Jean-Sébastien en français.

– Johann, c'est comme Jean en français ?

– Oui. Mais Johann Ambrosius mourut en 1695, alors que Jean-Sébastien n'avait pas encore 10 ans et que sa mère, Maria Elisabeth, venait de mourir aussi.

– Alors Jean-Sébastien Bach n'avait plus de papa ni de maman ?

Pierre apprit donc que le pauvre petit Jean-Sébastien avait été recueilli par un cousin de son père, Johann Christoph, qui lui apprit à jouer de l'orgue et du clavecin mais qui mourut à son tour. Décidément…

Jean-Sébastien, orphelin dès son jeune âge, avait alors été recueilli par son grand frère, un autre Johann Christoph Bach, et par une tante, Johanna Dorothea, qui lui servit de mère adoptive. Finalement, le grandissime génie, orphelin précoce, fit preuve d'une remarquable autonomie dans une très grande famille de musiciens.

Mais plus tard, Jean-Sébastien lui-même, comment s'occupa-t-il de Carl Philipp Emanuel, son fils cadet, et de tous ses frères et sœurs ? En fait, il s'occupa davantage de son fils aîné, enfin l'aîné des fils qui n'étaient pas morts en bas âge, Wilhelm Friedemann qui allait mourir à l'issue d'une vie misérable : malgré quelques compositions personnelles de qualité, il finit par vivre de la vente des partitions de son père. Quant au troisième fils, Johann Gottfried Bernhard, il accumula surtout des dettes.

C'est le cadet, Carl Philipp Emanuel, qui devint un grand musicien à son tour. Il fut le claveciniste de Frédéric II, le grand roi de Prusse, pendant trente ans et composa une œuvre respectable. En 1748, Carl Philipp Emanuel Bach eut un troisième enfant qu'il appela Johann Sebastian à son tour, c'est dire la reconnaissance, l'admiration qu'il avait probablement pour son génie de père. Deux ans plus tard, en 1750, Jean-Sébastien Bach mourut et Carl Philipp Emanuel recueillit à son tour un adolescent de 15 ans qui semblait doué pour la musique, Johann Christian. C'était son demi-frère, le dernier fils de Jean-Sébastien et, grâce à son grand frère peut-être, il écrivit des opéras à Londres où l'on dit qu'il influença un petit Mozart de

8 ans. Décidément, quelle famille et quel dévouement aux lois imaginaires de l'hérédité !

Mais les sœurs de tous ces garçons ? Personne ne parle jamais des filles de Jean-Sébastien Bach. Sa maman expliqua à Pierre qu'à cette époque lointaine, beaucoup d'enfants mouraient très jeunes et que, parmi les vingt enfants de Jean-Sébastien Bach, il y avait eu neuf filles dont cinq étaient mortes en bas âge. Elles avaient pourtant de bien jolis noms : Maria Sophia, Christiana Sophia Henrietta, Regina Johanna, Christiana Benedicta Louisa, Christiana Dorothea, et Pierre essaya de se souvenir de tous ces noms. Heureusement, quatre avaient survécu, qui avaient elles aussi des noms remarquables : Catharina Dorothea, l'aînée, suivie d'Elisabetha Juliana Friederica, Johanna Carolina et Regina Susanna.

Pierre s'y perdait, dans tous ces noms. Enfin, celles qui n'étaient pas mortes en bas âge, étaient-elles musiciennes ? À un ami d'enfance, Jean-Sébastien Bach avait écrit : « Tous mes enfants sont des musiciens-nés. » Voulait-il dire « mes garçons » ? On ne sait pas, sauf que Catharina Dorothea s'était surtout occupée, dès son plus jeune âge, d'aider sa mère à élever ses garçons. Et la maman de Pierre, qui ne fuyait pas les tragédies littéraires, lui expliqua qu'en 1800, Regina Susanna, sa dernière fille, serait probablement morte de faim si Beethoven n'avait pas alerté les éditeurs Breitkopf et Härtel afin de venir à son aide. Il faut dire que la malheureuse Anna Magdalena ne put survivre dix ans à la mort du grand Jean-Sébastien que dans la misère de l'hospice des pauvres à Leipzig. Tout cela serait-il encore possible aujourd'hui ? Quand il apprit tout cela, le petit Pierre fut pris de vertige.

Il demanda alors d'autres renseignements sur l'histoire des grands noms de la musique. Était-ce toujours tragique ?

Léopold Mozart, par exemple, comment s'y était-il pris avec son Wolfgang Amadeus ? Pierre comprit qu'à cette époque on obéissait à son père sans protester. Le jeune génie Mozart aimait jouer avec sa sœur claveciniste, la célèbre Maria Anna dite « Nannerl », mais Léopold lui intima l'ordre d'abandonner toute carrière musicale et de bien vouloir se marier.

La pratique de la musique était donc interdite aux femmes ? Était-ce pour cela que le petit Pierre ne voyait jamais sa mère toucher au divin ivoire du Steinway A ? Il n'osa pas lui en demander davantage lorsqu'elle lui répondit qu'elle ne jouait pas assez bien et qu'elle préférait écouter son papa.

Et plus récemment, les gens d'aujourd'hui ?

David Oïstrakh, lui, eut la sagesse d'envoyer son Igor chez son propre professeur, Monsieur Piotr Stoliarski qui avait aussi enseigné le violon à Nathan Milstein. David Oïstrakh ne prit son fils dans sa propre classe qu'à l'âge de 18 ans. Plus tard, David et Igor Oïstrakh avaient enregistré ensemble le double concerto pour deux violons et orchestre de Bach et, en l'écoutant sans voir, on avait du mal à distinguer le père du fils. Étaient-ils donc deux violonistes semblables ? C'était douteux. Peut-être que le père avait généreusement adapté sa sonorité à celle de son fils afin d'équilibrer leur interprétation de cette merveille de dialogue musical qu'était ce concerto pour deux violons. Quel magnifique exemple d'amour paternel ! Quant à Igor lui-même, comment faisait-il ensuite avec son Valery, nouveau violoniste ? Valery n'atteignait pas non plus un niveau comparable à celui d'Igor, *a fortiori* celui de David Oïstrakh. Visiblement, le grand talent musical, cela ne se transmettait pas facilement. Pierre ne serait pas obligé de jouer comme son père.

Et les relations mère-fille ? Le premier professeur de Clara Haskil fut sa propre mère, Berthe. Clara Haskil avait 3 ans seulement. Quant à Madame Du Pré, comment s'y prit-elle avec sa Jacqueline ? On dit qu'elle lui composait des petites pièces le soir, à jouer le lendemain matin sur son tout petit violoncelle. Quelle tendre attention au lieu des fréquentes rivalités absurdes qu'entretiennent certains mâles ! Les femmes auraient-elles cette supériorité sur les hommes, cette compréhension spontanée, cette délicatesse naturelle dans leurs relations avec leurs filles qui leur permettent d'être aussi leurs professeures ? Grave et délicate question !

À propos, Glenn Gould, c'est sa mère qu'il eut comme professeur, de 3 à 10 ans. Compliqué, décidément, tout cela…

Quoi qu'il en soit, lui, le père de Pierre, enseignait les mathématiques à de grands élèves, et n'avait ni la douceur, ni la souplesse, ni la patience, ni la compréhension, ni tout simplement la méthode nécessaire pour enseigner le piano à un enfant jeune, surtout le sien. Et puis c'était un homme grand et fort, avec des principes et des certitudes contre lesquels Pierre ne tarda pas à se rebeller.

L'échec fut donc rapide, ponctué de cris, de larmes et de portes qui claquent.

Alors Pierre revint à ses rêves de clavier. Tant pis pour lui. Son père n'avait pas pu devenir pianiste professionnel ? Eh bien, Pierre ne serait même pas amateur.

Pierre retourna dans sa petite chambre.

Il y transféra ses bolides. Sans tapis, le sol était moins confortable et le dessin de la piste avait disparu, mais la Jaguar verte de Stirling Moss gagna quelques autres courses, cette fois devant la Gordini bleue de Maurice Trintignant, mais loin des ondes du Steinway A, dont les graves ronflaient pourtant, grondaient parfois comme l'échappement d'un douze cylindres en ligne.

Faute d'accomplir des prouesses sur l'instrument de ses rêves, Pierre se mit alors au calcul mental. Et c'est dans sa tête cette fois que la table d'harmonie du Steinway tenta un accouplement acrobatique avec les tables de multiplication, et que, plus tard, l'aire des rectangles allait épouser *Le Tombeau de Couperin*. Comparées aux *Jeux d'eau à la villa d'Este*, les divisions à deux chiffres manquaient de légèreté. Heureusement, le feu d'artifice final de l'opus 25 de Chopin, le coup de canon au départ de la trente-deuxième sonate de Beethoven et celui du concerto de Schumann traversaient la porte d'en face, même fermée, et sans la moindre difficulté.

Allegro

C'est un vrai concerto, qui commence donc, comme souvent, par un allegro.

Évidemment, je ne me sens pas franchement allègre, plutôt tétanisé. Mes doigts sont toujours raides, je le sens, et mes poignets sont lourds. Comme mes épaules. Comme mon dos qui recommence déjà à me faire souffrir. Même mes poumons de cycliste sont bloqués. Je suis déjà essoufflé.

Enfin, peu importe, il faut y aller maintenant, je n'ai pas le choix.

J'inspire à fond. Je souffle. Je me calme. Je fais le vide dans ma tête.

Les lumières se sont éteintes et je ne vois plus personne dans la salle. Je ne vois que vous quatre, à mes côtés, vos instruments en mains, déjà concentrés et souriants. Vous m'aidez, beaucoup, vous vous en rendez compte ? Le silence s'est fait dans la salle. Il me reste quelques secondes à peine.

Nous nous sommes à peine regardés. Nos respirations se sont synchronisées. J'ai senti que c'était le moment. Et tous les cinq, d'un seul élan, nous avons lancé le tutti initial.

J'ai toujours trouvé ce premier mouvement dramatique ; il commence par un unisson théâtral, avec du rythme, des contretemps, des sauts. Il faut donc y aller franchement.

J'avais proposé le tempo de Glenn Gould, celui de son concert de 1957. C'était à Leningrad. Un de ses premiers concerts à l'étranger. Pour je ne sais quelle raison, ce jour-là, Gould était parti un peu plus lentement que d'habitude. L'influence de Ladislav Slovák, au pupitre de l'orchestre symphonique du conservatoire de Leningrad ? Ou simplement son désir à lui de bien contrôler la situation, lui qui n'aimait pas non plus jouer en public ? Pour qui jouait-il, lui, à propos ? Pour lui-même sans doute…

Attention !

Ce n'est pas le moment de penser, même à Gould.

Dès la troisième mesure j'ai une douzième à sauter. Un déplacement à me faire perdre toute confiance en moi alors que mes mains sont moites, prêtes au dérapage sur cet ivoire synthétique. Il faudrait me promener sans crainte sur ce clavier sans regarder mes mains parce que j'ai les yeux rivés sur la partition. Cela me soutient le moral, cela me rassure de fixer ces notes imprimées.

Oui, je sais, il suffit de ne pas avoir peur de tomber à côté. C'est une question de confiance. Je sais où sont les notes, c'est dans la mémoire de mes bras avec leurs poignets et leurs doigts au bout. Seulement voilà, comment faire ?

Comment arrêter de penser ? Pourquoi douter, toujours ? Quand je me joue ce concerto à moi tout seul, j'installe ce début sans difficulté, j'articule cette mélodie rythmée sans le moindre problème. Alors pourquoi me compliquer la vie ce soir ?

Comment prendre simplement son plaisir, comme mes quatre amis ? Ils sont certes moins exposés que moi, le soliste de ce concerto, mais est-ce suffisant ?

Et puis, c'est moi qui l'ai voulu. Je devrais simplement chanter les notes dans ma tête. D'habitude, cela me permet d'envoyer mes mains au bon endroit. Heureusement tout de même que ce déplacement est relativement modeste, que ce n'est pas un grand écart comme chez Brahms.

Il faut que ça passe. Propre. Sans couac. Heureusement que j'ai travaillé ce problème et trouvé une solution pour amateurs. Je transfère le *la* de ma main droite sur le pouce de ma main gauche qui jouera donc une octave, et ma main droite n'aura plus besoin de sauter. Je triche mais personne ne s'en apercevra. Glenn Gould avait dit d'Horowitz à propos de son interprétation des *Études de Chopin* : il « ne joue pas les octaves, il les truque ». Eh bien moi, je fais le contraire, je triche sur un saut de la main droite en créant une octave pour la main gauche. C'est plus facile, mais d'une part mon concerto n'est pas une étude, d'autre part je ne prétends certainement pas avoir une meilleure technique que les autres. Et je serai seul à le savoir. Enfin, je l'espère.

Mais tout va bien pour l'instant. J'ai planté mon octave un peu violemment mais au bon endroit et maintenant j'enchaîne sur la descente en tierces sans trop d'irrégularités mais attention aux doigtés qui sont un peu contradictoires entre les deux mains. Bach, ici comme d'habitude, exige de l'indépendance des mains. Cette fois il faut que je pense à ma main droite ET à ma main gauche, en parallèle mais séparément, et comme ma main droite a une irrépressible tendance à dominer sa jumelle, il faut que je pense davantage à la gauche qui n'obéit pas à la droite.

Ah, mais enfin, tout cela est absurde ! C'est comme si je pensais à décomposer tout le mouvement de mon genou gauche avant ma semelle droite sous prétexte que je marche dans la rue. Marchons, tout simplement, voyons ! Sans penser à rien, juste à l'endroit où je vais.

Je n'ai pas trébuché, je me détends un peu, bien que j'aie toujours les mains à la fois glacées et trempées. Et aussi les épaules relevées tirées vers le haut. Il faut que je cesse de penser à mon corps, que je chante de la musique au lieu de faire de la mécanique.

L'introduction de ce concerto a quelque chose de solennel. Elle impose un certain respect. Est-ce pour cela que Fanny Mendelssohn, la sœur de Felix, le mit au programme de ses deux premiers concerts du dimanche, ses *Sontag concerts* ? Cela se passait dans le grand salon familial, à Leipzig, et pour elle, visiblement, la musique commençait par ce *ré* mineur de Bach. C'est dire la place qu'il occupait dans sa culture musicale.

Ils s'aimaient, Fanny et Felix… Profondément. L'un et l'autre peignaient aussi de très belles aquarelles.

Je vais essayer de penser à eux, cela va m'encourager.

Mais attention ! Il faut absolument que j'écoute davantage les quatre autres.

Il sonne bien, ce quatuor à cordes. Johannes joue toujours mieux en public qu'en répétition, je n'ai jamais compris comment il faisait mais cela tombe bien. Voilà un caractère généreux, positif. Son alto sonne rond et enrichit les graves de Sonia. D'ailleurs, comme le dit Seiji Ozawa dans son dialogue avec Haruki Murakami, un bon quatuor, c'est un seul instrument. Je sais bien en tant que pianiste que, quand je joue en trio avec un violon et un violoncelle, on est trois solistes, on se parle à trois. Mais avec ce quatuor on est deux, les quatre cordes se trouvent une voix intérieure commune, surtout dans un concerto baroque comme celui-là.

Je me sens un peu mieux. Et c'est bien le moment parce que c'est indiqué « solo » sur ma partition et je sais bien ce que cela veut dire : je sors à la prochaine mesure. Et je sors en triples croches. Un soliste doit se faire remarquer, prendre d'emblée la parole que Bach lui offre.

À 84 à la noire, je vais pouvoir les faire limpides, ces triples. Surtout pas écrasées. Je veux les entendre une par une, bien claires, articulées, détachées, brillantes. Quand j'ai trop peur, j'ai un réflexe, je mets de la pédale, mais dans Bach, non, attention, plus loin peut-être, pour quelques harmonies à faire bien entendre, mais surtout pas là.

Avec Michel Corboz à la tête de l'orchestre de la Fondation Gulbenkian de Lisbonne, Maria João Pires l'avait pris nettement plus vite, à 108 à la noire. Elle avait les doigts nécessaires mais moi, non, je ne les ai pas assez indépendants, pas assez agiles si ça va trop vite. Et puis c'est un allegro, pas un presto. Pourquoi se dépêcher, même si c'est brillant ? Elle avait enregistré ce concerto en 1985, à 41 ans. Quelques années plus tard, je l'avais entendue jouer tranquillement la première partita de Bach en introduction à la dernière sonate de Schubert, la sonate DV960 qui est dans la même tonalité. C'était bouleversant. Ce concert était magnifique. Ce programme l'émouvait tellement qu'elle nous avait demandé de ne pas applaudir à la fin, de partager le silence qu'elle avait construit. Quelle artiste !

Mais cela, c'est pour les vrais pianistes. Moi, je ne mûris pas, je vieillis. J'ai tendance à mettre trop de pédale. Mais non, surtout pas de maquillage ici ! Il faut que ces triples soient bien claires. Bach articule, on doit comprendre ses mots et ses phrases, je le veux cristallin, ce début de concerto, sans brouillage.

J'ai mes limites techniques, mais je m'applique. Je respire et j'envoie mes triples croches dans le tempo. Comme une petite fille qui entrerait dans la corde à sauter que feraient tourner ses copines. Légère et décidée. Dans le rythme juste, pour ne pas s'emmêler les pieds. Quand les cordes tournent, les petites filles tournent avec, synchrones, détendues, joyeuses.

Mes triples sont bien passées à la main droite, immédiatement suivies par celles de la gauche, décalées, un peu moins bien comme d'habitude, mais assez claires tout de même.

Cette fois le dialogue est entre mes deux mains. Mes deux mains jouent de concert, elles aussi. En fait non, on est trois dans ce concerto, les cordes, ma main droite et ma main gauche. Allez, continuons. J'ai fait un petit mouvement d'assouplissement de mon poignet gauche avant. J'aime le relief, la richesse qu'introduit ce dialogue entre mes mains.

Sarah me regarde par-dessus son violon, je sens qu'elle m'écoute pour bien suivre mon rythme. Elle m'encourage.

Et maintenant j'ai quelques arpèges en opposition. Ils construisent de belles harmonies. J'ai bien fait de faire accorder ce piano par mon ami Monsieur T. Le son est chaud et rond. Ce n'est pas si fréquent pour un Yamaha. Et cela m'encourage.

Monsieur T. a triché avec l'harmonie mathématique des fréquences, juste ce qu'il faut pour que les quintes fassent de légères interférences, comme un vibrato léger, et que les dixièmes, un peu écartées comme les octaves, trouvent de la couleur sans frotter. C'est le grand art d'un bon accordeur, il fait du beau son, pas des mathématiques, il y a longtemps que Pythagore, c'est fini, enfin en musique. Et ce piano me plaît, il est « bien tempéré », comme dirait Bach, il sonne clair et long pour garder la parole entre les mots de ce quatuor orchestral et cela me permet de mettre un tout petit peu de pédale. MON quatuor…

La rondeur de ces harmonies a une certaine tendresse, mais où ai-je la tête ? Je ferais mieux de me concentrer sur le développement de ce thème car un nouveau tutti va vite arriver. Je pourrai me détendre encore un peu si ma ligne mélodique s'écoule proprement une fois de plus. Ensuite, j'ai deux mesures de sécurité.

Gould, lui, joue presque tout piqué. Je n'ai jamais compris comment il y parvenait. Il n'y a que lui qui joue comme ça, pas vraiment sautillé, finement détaché et expressif.

Mais enfin, comment fait-il pour chanter avec une technique pareille ? En fait, cela rapproche un peu la sonorité de son piano de celle d'un clavecin. Mais si l'on veut que chaque voix chante sa mélodie, il faut lier les phrases musicales, ne pas trop séparer les notes les unes des autres afin que la phrase garde sa continuité. Et quand il y a plusieurs voix en contrepoint, comment faire ? La première fugue du *Clavier bien tempéré*, par exemple, celle en *do* majeur, a quatre voix différentes. Je dis « clavier », qui ressemble à l'allemand *Klavier*, et pas « clavecin » parce que je revendique le droit de les jouer au piano. Le piano permet une si belle variété de sonorités, une expression tellement plus riche...

Donc Bach, dès l'ouverture de son monument musical, a mis dans sa première fugue quatre voix pour deux mains seulement. Ce n'est plus la main droite qui parle à la gauche. Des groupes de doigts dialoguent avec d'autres. Heureusement qu'on en a dix. Il faut mettre en scène quatre personnes en trouvant l'indépendance des doigts au-delà de celle des mains. Si je joue tout détaché, je ne reconnais plus personne. Gould, lui, joue par exemple une voix liée qu'on distingue bien des autres, les trois autres qui sont piquées, discrètes. Ainsi, il réussit à chanter avec délicatesse et à passer la parole d'une voix à l'autre en toute clarté.

Au piano, en fait, on peut jouer piqué, détaché, porté, attaqué, lié, louré, phrasé, etc. La sonorité dépend tellement de l'attaque du clavier que le pianiste a une infinie palette de nuances à sa disposition, et cela devrait être enseigné aux enfants dès le début de leur éducation musicale car, plus tard, si l'on ne leur fait faire que de la mécanique monochrome, ce sera trop tard.

En fait, Gould joue aussi sur l'intensité : « piano » ou « forte ». Au clavecin, l'intensité des notes jouées est toujours la même, l'ergot lâche toujours la corde de la même façon, il n'y a pas d'étouffoirs sur les cordes et le son a toujours la même intensité. Sauf évidemment si l'on change de clavier, ce qui fait changer de corde ou d'endroit où l'ergot excite la corde. Seulement voilà, on n'a pas quatre claviers différents pour les quatre voix, et puis on ne peut pas jouer avec deux doigts sur un clavier et trois autres doigts sur un autre. Le son d'un clavecin est donc un peu trop uniforme, enfin à mon avis.

Au piano, on peut faire sortir un son devant, en jouant forte, ou le mettre derrière, en jouant doucement, piano. Le paysage prend de la profondeur. C'est la révolution du « pianoforte » dont on pense aujourd'hui que Bach l'a apprécié vers la fin de sa vie. Tenant compte des premières critiques de Bach, Bartolomeo Cristofori avait amélioré ses premiers pianoforte et Bach accepta « avec plaisir » d'improviser sur l'un de ceux que Frédéric II, le roi de Prusse, avait achetés.

Le piano a introduit le relief au royaume des claviers. Tout à coup, le son s'est mis à dépendre du toucher. Et Gould construit de vrais paysages avec de multiples plans sonores, des forte qu'on écrit *f* sur la partition, des piano (*p*) mais aussi des fortissimo (*ff*) et des pianissimo (*pp*), des forte-piano (*fp*) ou, si nécessaire, d'infiniment doux *ppp* et de tonitruants *fff*. C'est Schumann qui met parfois de foudroyants quadruples *ffff* et Rachmaninoff d'encore plus forts *sffff*.

Gould fait de la peinture en détachant certaines notes et en en liant d'autres, du Poussin avec des collines, des arrière-plans, une scène devant, des intermédiaires, ou peut-être des encres chinoises... Sauf que ses personnages, ses multiples voix, vont et viennent, entrent en scène, s'éclipsent progressivement, reviennent, parfois comme des échos à l'octave inférieure, reprennent la parole, s'imposent, disparaissent à peine les a-t-on remarqués. La musique est mouvante, éphémère, insaisissable. On peut s'en souvenir. Mais elle s'enfuit, elle s'évapore. Toujours.

Nouveau solo. Je vais lier les deux premières notes qui sont avec l'orchestre et piquer en baissant le ton pour les deux suivantes où je suis tout seul. C'est écrit sur mon édition Breitkopf. Cette délicate liaison est-elle de la main de Bach ? Oui, je crois, cette édition respecte le manuscrit original. J'aime bien ce contraste entre la douce liaison qui caresse le début de la mesure et les attaques sèches qui la suivent comme un écho. D'autant que c'est une façon de résoudre une harmonie qui va nous amener à un autre tutti. Mon piano prend la parole, mais brièvement pour l'instant. Histoire de dire « nous sommes deux », les cordes et le piano solo, avant d'en dire davantage. À la page suivante, je garderai la parole, le devant de la scène, un peu plus longtemps.

Mais voilà les triples croches qui reviennent. Je me sens toujours contracté, et celles-ci sont aux deux mains ensemble. Il faut que je reste léger. Tout dans les doigts. Comme Gould, le piqué-détaché en moins. Mais pas dans les épaules. Avec les bras comme amplificateurs, j'écraserais un gros tas au lieu de rappeler l'intro brillante de la page précédente. Richter ne fait pas de pâtés, non, évidemment pas, mais je trouve qu'il joue parfois trop des épaules, un peu trop pesant et massif dans Bach. Or il ne semble pas manquer de force ! Il lui arrive même de me donner l'impression de planter des clous dans des charpentes. Chtttt... il ne faut pas que je dise ça. Il m'avait fait découvrir Beethoven. J'avais 15 ans. Mais aujourd'hui je n'arrive plus à l'écouter jouer du Bach sans quelques réactions critiques. Bach, c'est délicat, léger, rigoureux, expressif... C'est de l'architecture en dentelles, de la poésie minimale. Donc pas d'épaules, de la légèreté, de la clarté, des doigts !

Attention ! J'ai frôlé l'accident, à force de réfléchir. Il faut que j'arrête de penser, que j'écoute ce qu'on fait, tous les cinq ensemble, simplement. Ma main gauche était confuse dans son nouveau solo. Elle aurait dû entrer tout en douceur, reprendre mon premier solo dans une couleur différente. Je me suis empêtré les cinq doigts dans un truc gris sale. Reste concentré, enfin !

Mais qu'est-ce que j'ai, à partir dans mes rêveries tout le temps comme ça ?

J'espère que Lorenzo et Giuliana n'ont pas trop remarqué mon pâté, eux qui aiment tant la cristalline délicatesse de la musique baroque. C'est pour eux aussi que je joue.

Anne est sérieuse, elle, attentive à son texte, constructive, solide dans son architecture. Sonia a l'air heureuse, comme d'habitude, et sa sérénité est contagieuse, Sarah me fait un sourire. A-t-elle du plaisir à jouer ce soir ? Ça va mieux, mais je ne dois pas trop les regarder, juste les sentir près de moi, entendre leurs cordes qui sonnent ensemble, les écouter et leur répondre. Le jouer de concert, ce concerto. Il faudrait que Jean-Sébastien Bach aime ce qu'on fait. Allez, courage, continuons. La route va être longue. Périlleuse. Et puis tous ces écueils, je les connais un par un. Ils ne m'auront pas, pas aujourd'hui ! Je grimpe une montagne et je ne veux pas tomber.

Mais toi, où es-tu ?

Et toi, tu n'es pas là non plus ?

Je ne peux tout de même pas te chercher dans la salle. J'ai déjà ma partition à regarder même si je la connais, et mes mains aussi mais pas souvent, il faut que je garde confiance en elles. De toute façon je suis sûr que tu n'es pas là. Et puis tu me dirais sûrement de retourner faire mes gammes au lieu de m'exhiber ici.

D'ailleurs, comment pourrais-tu être là ?

Cela ne fait rien. Je continue. Il me reste vingt-deux pages à jouer proprement et jusqu'à maintenant c'est tout de même beaucoup mieux que ce que je jouais il y a trente ans.

Trente ans déjà…

Mademoiselle P.

Le temps s'était écoulé. Un peu. Pierre grandissait lentement. À cet âge-là, Jean-Sébastien Bach avait déjà perdu sa mère puis son père.

Pierre rêvait toujours de piano mais trouvait d'autres plaisirs ailleurs. Par exemple, il avait appris à nager. Il aimait nager, l'eau fraîche qui coule, cette impression qu'en flottant en surface il était plus fort que la nature. Dans un genre opposé, il aimait le chocolat, et surtout le miel de lavande que son père achetait au début de l'été, au pied du Mont-Ventoux.

Mais non, là-haut, tout ce blanc n'était pas de la neige ! En plein été et en Provence, de la neige ? Vous voulez rire ! Non, c'était le blanc des cailloux, un lumineux calcaire. Un jour, ils y étaient montés, tous ensemble, pour vérifier. La traction avant Citroën de son père avait peiné. Il avait fallu s'arrêter pour que le moteur refroidisse. Et Pierre avait attrapé un papillon d'altitude, blanc lui aussi, mais avec des yeux rouges, un bel Apollon qu'il avait ensuite épinglé au milieu de sa collection. Il y trôna pendant un an, avant de se réduire en poussière : il aurait dû le mettre sous verre ! En arrivant en haut de ce Mont-Blanc de

Provence, Pierre avait rêvé d'y revenir un jour, mais sur un beau vélo bleu, blanc et rouge. Et donc, en rentrant de vacances, il avait peint des capsules de bière aux couleurs des champions qui se disputaient le Tour de France, et dessiné par terre, à la craie, la route du Mont-Ventoux.

Puis c'était la rentrée, et Pierre avait découvert le latin, commencé l'allemand mais pas l'anglais, appris de l'histoire qu'il préférait à la géographie, et même fait du dessin. Même lentement, il était heureux de grandir. Alors, à l'automne, il avait planté des arbres avec son père, pour les voir pousser. Il les arrosait et les mesurait, tous les ans, pour vérifier qu'eux aussi, ils grandissaient. Quelques centimètres par an. Comme lui.

Mais le grand Steinway noir, il n'aurait donc jamais le droit d'en toucher l'ivoire ? Était-ce déjà trop tard pour apprendre à jouer ?

Son père s'était bien rendu compte que Pierre l'écoutait, qu'il avait envie de jouer du piano, lui aussi. Sans lui donner de vraies leçons, il lui avait expliqué comment lire les notes, et donné un petit prélude de Bach à déchiffrer.

– Tu as vu, maman, papa m'a donné à jouer un petit prélude de Bach. Tu crois qu'il l'avait écrit pour son Annalena ?

– Ah, tu te souviens de son petit surnom ? Oui, c'est bien comme cela que Jean-Sébastien Bach appelait sa seconde femme mais son vrai prénom, c'était Anna Magdalena. Quand ils s'étaient mariés, elle avait juste 20 ans, guère plus que le fils aîné de Jean-Sébastien, Wilhelm Friedemann. Elle était jeune, tu sais, et on pense que, l'année d'après leur mariage, Bach lui avait composé ces petits préludes pour lui faire commencer le piano, enfin disons la musique puisque le piano n'existait pas encore. Tu vois, tu commences comme elle…

Pierre se donnait du mal mais, en l'absence de véritables leçons, il piétinait. Il perdait du temps. Il s'égarait. Il se décourageait.

Tout de même, un jour, avec sa curiosité croissante, il dénicha un vieux 78 tours dans la pile familiale et s'aperçut qu'une dame polonaise nommée Wanda Landowska jouait le même prélude que lui, sur son grand clavecin ! Un grand clavecin Pleyel au son puissant qui se rapprochait d'un piano.

Mais alors, s'il jouait un morceau qui existait en disque, c'est qu'il jouait de la VRAIE musique ! Il avait l'âge du cadet de Jean-Sébastien Bach à l'époque de l'écriture de ce prélude. Peut-être qu'il ferait des progrès ?

Pendant ce temps, tout près de lui, son père eut une période Mozart et se mit à travailler son vingtième concerto, celui qui est en *ré* mineur et qu'on a étiqueté K466. Chaque fois qu'il entendait les syncopes de la première page, l'introduction à l'orchestre, Pierre sentait son cœur se soulever, les roulements de la mélodie grave le submerger ; il chancelait dans le déferlement de ces syncopes. Chaque fois, cette introduction au drame le bousculait et, curieusement, cet étrange sentiment lui plaisait.

Pierre était un petit garçon sensible. Heureux en apparence, fragile en profondeur.

Pierre lisait progressivement davantage. Sa maman lui avait donné *Les Trois Mousquetaires*. Cette histoire de fleur de lys, tatouée sur l'épaule de Milady l'avait troublé. Il faut dire que d'Artagnan la découvrait en déchirant la robe de Milady. On pouvait faire cela à une femme ? Lui arracher ses vêtements ? Avant d'en arriver là, les trois Mousquetaires qui étaient quatre avaient embroché plus d'un garde du cardinal. Alors Pierre s'était mis à l'escrime. Il n'aimait pas se battre mais, en escrime il n'y avait pas de contact entre les corps et on ne se blessait même pas. Il trouvait une certaine excitation à feinter, à tromper l'adversaire en faisant semblant de baisser sa garde au moment précis où il préparait son attaque.

Mais les basses en *ré* mineur de Mozart continuaient à tourner en face de la chambre de Pierre. Puis le piano entrait, émergeait de l'orchestre, clair, lumineux, éclatant mais délicat. Il sentait le plaisir de son père à changer de ton pour quitter une réduction de la partie orchestrale et entamer son solo.

Pierre attendit la fin du premier mouvement.

Puis il poussa la porte et osa demander à son père :

– Papa ?

– Oui, mon fils…

– Je voudrais prendre des leçons de piano.

– Tu veux prendre des leçons ? Mais avec qui ?

– Ben, avec un prof de piano, quoi !

– Tu es sûr ?

– Papa, j'ai envie de jouer comme toi.

– Comme moi ? Vraiment ? Si tu savais…

…

– Enfin, je vais te chercher quelqu'un, d'accord. Mais il faudra travailler, tu sais, beaucoup, et tous les jours.

– Je sais, papa. Je voudrais un professeur qui m'apprenne à bien jouer.

Il avait, lui, étudié la musique à Paris et surtout à la Schola Cantorum, à l'époque de Vincent d'Indy. Il avait été un élève brillant, précoce, vraiment doué. Très tôt, sa mère lui avait trouvé, dans cette école, un bon professeur. À 12 ans, il jouait déjà la *Grande Polonaise* de Chopin. Pierre, lui, en avait 11 et s'acharnait désespérément sur les petits préludes d'Anna Magdalena Bach.

Dans leur petite ville, on aurait pu inscrire Pierre au conservatoire municipal, tout simplement.

Mais non.

Pourquoi envoya-t-on Pierre chez Mademoiselle P. ?

À l'époque, son père jouait parfois des pièces à quatre mains avec une amie, professeure de mathématiques comme lui.

Le quatre mains, c'est un genre un peu particulier, généralement écrit pour un maître (qui joue en bas du clavier) et un élève (une élève ?) qui joue en haut. Parfois, le compositeur s'amuse avec ce couple. Par exemple il fait exprès de croiser la main gauche de l'élève avec la droite du maître. Cet humoriste d'Éric Satie fait cela, par exemple dans ses *Trois Morceaux en forme de poire*. L'inévitable rapprochement des corps doit avoir troublé plus d'un vieux maître au contact de sa jeune élève. Ce trouble était-il partagé ?

Bref, son père pratiquait quelques jeux de mains avec une collègue qui lui recommanda le professeur de ses propres enfants, une certaine Mademoiselle P.

Pierre fut donc mis en apprentissage chez Mademoiselle P. Avait-on déjà oublié les échecs des trois aînés chez Madame Z. ?

En fait, Mademoiselle P. ne ressemblait en rien à Madame Z. Autant Madame Z. avait la fière allure d'une immigrée russe de haute taille, autant Mademoiselle P., qui semblait incapable de vous regarder en face, n'avait probablement connu que la petite bourgeoisie locale. Madame Z. toisait ses interlocuteurs. La pauvre Mademoiselle P. était bossue, courbée vers le sol, pliée en deux par une lordose qui devait être douloureuse.

Madame Z. avait une voix d'alto, puissante, articulée, aux rr ronflants. Celle de Mademoiselle P. couinait dans l'aigu. Madame Z., d'un âge certain, imposait le respect. Avait-elle fait peur aux aînés du petit Pierre ? Au contraire, Mademoiselle P., d'un âge incertain, n'inspirait qu'un mélange de méfiance et de commisération.

Mademoiselle P. habitait rue de Sébastopol, un bien grand nom pour une si petite dame, mais c'était tout près et Pierre y allait tout seul. Lorsqu'il sonnait à la porte, Mademoiselle P. lui ouvrait elle-même.

Et Pierre avait quelque hésitation à entrer.

Il faut dire qu'elle ne s'habillait pas vraiment. Mais sa robe de chambre en pilou rose n'avait pas le moindre point commun avec la robe déchirée de Milady. Assorties à son déshabillé, d'inévitables mules complétaient son style en clapotant au sol. Surmontant sa répulsion, Pierre entrait.

Or le pire était à venir.

Était-ce pour se venger de sa bosse rose ? Mademoiselle P. apprenait à ses élèves la mécanique pianistique. Pas question d'apprendre à énoncer, encore moins à développer une phrase musicale, à faire chanter un clavier, à exprimer quoi que ce soit, à chercher l'émotion d'un discours poétique sans paroles. Non, pour jouer du piano, il fallait muscler les doigts et leur apprendre à articuler les uns indépendamment des autres. Elle exigeait donc de Pierre qu'il fasse des heures quotidiennes de « notes tenues ». Cela consistait à poser les dix doigts sur le clavier, touches enfoncées. Puis à soulever chaque doigt un par un, en tenant tous les autres immobiles. Sans crispation aucune !

Afin de frapper des notes éternellement répétées une par une. D'abord les pouces, puis les index, etc. Pas le moindre parfum de Mozart dans tout cela, évidemment.

Pendant les leçons, rue de Sébastopol, Pierre jouait donc de longues séries de notes tenues afin de permettre à Mademoiselle P. de vérifier la progression de sa force digitale et de l'indépendance de ses doigts.

Seulement voilà, il ne suffisait pas de répéter ces notes tenues, il fallait que tout cela s'exécute avec la paume bombée à la hauteur requise et un poignet souple. Surtout cela, un poignet souple.

Mademoiselle P. vérifiait donc pendant la leçon la souplesse du poignet de Pierre.

Pour cela elle avait posé une règle en équilibre instable sur ses poignets, et la règle ne devait pas tomber. Mais ensuite elle posa ses propres mains sur ses poignets à lui.

C'était lourd. Évidemment. Pénible. Incommodant. Disons-le : insupportable !

À vrai dire, Pierre aurait pu supporter cette gymnastique, les danseuses en voient bien d'autres, sur leurs barres. Le problème, c'était la peau de Mademoiselle P.

Dans sa petite enfance, Pierre avait eu un peu d'eczéma au creux des coudes. On l'avait soigné avec des crèmes, toutes assez peu efficaces jusqu'à ce qu'on mette enfin au point des crèmes à la cortisone qui l'avaient guéri. Or Mademoiselle P. avait quelque chose de semblable à l'intérieur des mains. « Ce doit être un psoriasis », lui avait dit sa mère, qui savait le grec ancien et était drôlement calée en étymologie. Sa mère lui avait donc expliqué que le mot « psoriasis » venait du grec *psora*, la gale, parce que cela grattait, un peu comme la gale. Ce n'était pas contagieux, au moins ?

Mademoiselle P. n'avait donc pas seulement les mains lourdes, sur les poignets de Pierre, elle les avait grasses, enduites d'une épaisse couche de crème qui n'attendrissait guère les écailles de son psoriasis.

Aurait-on pu imaginer que Pierre allait être soumis à une telle torture ? Du piano à la crème... Psoriasis et mécanique digitale !

Mais Pierre avait vraiment envie d'apprendre le piano. Et c'était son papa qui avait choisi cette excellente professeure. De plus, Pierre avait promis qu'il travaillerait. Dur. Tous les jours. Il savait que le piano c'était difficile.

Il s'accrocha.

Malgré les notes tenues, la crème, les écailles et le rose, Pierre aborda *Les Classiques favoris du piano*, volume IIA, sous la grasse pression de Mademoiselle P. Ces *Classiques* n'étaient pas déplaisants, mais il eut beau chercher dans la discothèque de ses parents, il n'en trouva jamais d'enregistrement.

Comment fit-il pour tenir deux années entre les mains de cette rose demoiselle ?

En fait, dans ce cauchemar, il y eut Nathalie.

Nathalie était une jolie petite blonde, avec des nattes et un quart de violon dans une toute petite caisse. C'était la fille de Madame T., une amie de Mademoiselle P. qui habitait dans la rue suivante et enseignait le violon. Ces dames avaient donc eu l'idée, et celle-là était bonne, de faire jouer ensemble leurs élèves, malgré leur jeune âge. Pierre et Nathalie avaient donc découvert le plaisir partagé, celui de se parler sans paroles. Leurs partitions étaient écrites en gros, pour être mieux lisibles. Elles étaient signées Alexandre Tansman et les enfants se partageaient agréablement une jolie mélodie. C'était doux, sage et bon. Pierre avait aimé Nathalie, discrètement, le temps d'un duo. Un duo sans pilou rose ni maladie de peau, sans mécanique digitale non plus, juste un échange de regards, de respiration et d'harmonie.

Pendant ce temps, on caracolait à la maison dans le troisième scherzo de Chopin.

Alors Pierre, dont les lèvres n'allaient pas tarder à s'orner d'un léger duvet, s'enhardit. Deux ans de Mademoiselle P., tout de même, c'était trop.

– Est-ce que tu ne pourrais pas me trouver un vrai professeur de piano, papa ?

– Un VRAI professeur ?? Mais pourquoi, ça ne va pas, avec Mademoiselle P. ?

– Non, ça va pas, j'en peux plus.

Et Pierre raconta l'enfer de la rue de Sébastopol à son père, le pilou rose et le psoriasis, la règle et le gras des mains, l'horizon bouché des *Classiques favoris*.

– Je veux jouer de la vraie musique !

...

Son père réfléchit un instant.

...

– Tu aimerais aller au conservatoire ?

– Je sais pas. C'est comment, le « conservatoire » ?

– C'est une école de musique, une école publique.

– Avec des enfants ? Comme moi ? Et des bons professeurs ? On y fait de la bonne musique ?

– Oui, évidemment.

...

– J'ai envie d'aller au conservatoire, papa.

Dialogues

Chuttt… Les cordes reprennent le thème, donc la parole. Je joue le plus doucement possible. Je caresse à peine mon clavier et j'écoute Sarah qui dirige leur chant. Elle attaque franchement cette reprise du thème, c'est clair et solide, Sonia la soutient. Le thème change de tonalité à toutes les mesures, et c'est à moi de l'accompagner avec des arpèges que j'aime doux, perlés. Les rôles se sont donc inversés. Et comme les cordes ont un son entretenu, continu, alors que le piano est un instrument à percussion dont le son s'enfuit assez vite malgré l'acoustique de cette salle qui a effectivement une certaine ampleur, je peux rallonger ma sonorité avec un peu de pédale. La pédale de droite qui soulève les étouffoirs. Discrètement. Cela devrait lier mes arpèges, rassembler l'harmonie qui glisse vers les graves. Cette légère touche de pédale, des clavecinistes la trouveraient peut-être sacrilège, mais j'ai envie de m'en servir à cet endroit. Cela donne un peu de douceur, de fondu dans l'enchaînement de ces quelques mesures de transition. Et puis j'ai entendu hier sur France Musique que Murray Perahia, le jour où il a rencontré Vladimir Horowitz, lui a dit de mettre de la pédale dans Bach. Alors, si Perahia et Horowitz l'ont fait…

Bach n'aimerait pas ça ? À voir. Pas sûr. Si je ne mettais pas de pédale, on n'entendrait pas aussi bien ces enchaînements d'harmonies qui passent doucement du *la* mineur au *la* majeur, puis du *sol* mineur au *sol* majeur, et ainsi de suite. Mon quatuor, lui aussi, change de ton, on voyage ensemble. Alors, au fur et à mesure que la tonalité descend, je vais baisser l'intensité, passer du forte au pianissimo avant de réintroduire le thème du début, à mon tour et avec autorité.

Mais la pédale, je pense toujours à celle de droite au piano, il ne faut pas l'enfoncer à chaque temps, comme si on battait la mesure ou pire comme si on comptait les mesures au pied. Un pianiste, ce n'est tout de même pas un bataillon qui défilerait au pas cadencé ! Non, la pédale s'écoute. La musique est un langage mais c'est aussi une peinture avec ses couleurs, c'est-à-dire ses différents timbres. Plus loin j'utiliserai la pédale de gauche, justement pour modifier ce timbre, cette couleur, mais autrement. En fait, on peut enfoncer chaque pédale plus ou moins profondément et trouver ainsi une infinie variété de sonorités. Oui, les pieds, au piano, jouent aussi, pas seulement les mains. Est-ce pour cela qu'Alice Sara Ott joue pieds nus ?

Et maintenant j'ai une page de notes répétées à jouer pianissimo, *ppp*. J'essaie de les jouer aussi légèrement que possible et de les enchaîner, et il faut que je joue des phrases, pas seulement des notes bien sûr. Les cordes en font autant et c'est un vrai dialogue qu'on a mis en place dans quelques répétitions. On n'a pas trop répété. Il ne fallait pas trop travailler. Il fallait garder le plaisir de la découverte, c'est comme la fraîcheur et la sincérité d'une déclaration d'amour. À ne pas faire trop souvent.

Voilà, comme ça, oui, on s'écoute et on se répond, on se coupe un peu la parole, enfin on se parle vraiment. Même mes deux mains se parlent l'une à l'autre. Progressivement, je me détends. Ma main droite propose une couleur dans une tonalité que la gauche reproduit. Je détache la première note de la phrase, puis je fais une légère respiration avant de dérouler l'harmonie de *ré* mineur puis de passer en *sol*. Et c'est au tour de la main gauche. Mes mains se répondent l'une à l'autre comme deux personnes qui se parleraient face à face. Elles se renvoient des échos. Je fais une autre respiration chaque fois qu'une main cède la parole à l'autre, entre deux réponses. J'entends leur échange de souffles.

Mais attention, ces liaisons sont dangereuses, si j'ose dire. Il faut les jouer instinctivement, sans trop réfléchir, comme on change de ton en parlant.

Ces détachés, ces liaisons, ces articulations, ne sont pas écrits. C'est là que Gould, lui, recommence à tout jouer piqué, au moins détaché. Mais moi, je ne veux pas me risquer à un style aussi périlleux. Je fais plus simple. Et mes quatre cordes étaient d'accord. Cela ne sert à rien d'imiter Gould, on n'a aucune chance de chanter aussi léger et naturel, aussi raffiné, on reconnaîtrait immédiatement qu'on essaie de faire du Gould. Ce serait ridicule.

Donc on a choisi des articulations. On a mis des consonnes dans la mélodie sans paroles. Des gutturales et des dentales. Quand je jouais de la flûte, je faisais des *te-ke-te, te-ke-te, te-ke-te*... dans les triolets, ou des *tu-u-u-u* dans les doubles croches liées. C'était difficile. J'avais la langue lourde, je m'entraînais pendant des heures sans beaucoup de résultats. Parfois je reculais un peu la langue pour faire des attaques plus douces, des *de-gue-de, de-gue-de*.

Je trouvais le louré, entre le piqué et le lié. Au piano, ces articulations ne sont évidemment pas des consonnes mais de fines variations d'attaques que je fais en pensant à de la poésie.

C'est surtout ce qui structure l'équilibre des phrases. C'est pour cela qu'on ne devrait plus jamais chanter les *lieder* romantiques allemands en traduction. Ce serait une abominable hérésie. Heureusement que plus personne ne fait cela. Les consonnes seraient différentes et surtout déplacées par rapport à l'articulation des notes. Le rythme du vers et l'architecture de la mélodie se disloqueraient. Non, l'articulation de la mélodie est écrite pour se dérouler en accord avec celle des mots dans leur langue d'origine.

À la flûte, l'articulation des phrases n'est pas facile, et je mâchonnais au lieu de sortir délicatement les labiales et les gutturales. Je déchirais les mélodies. Parfois j'en faisais même de la bouillie sans caractère. Je l'ai abandonnée au bout de cinq ans d'efforts, je m'y étais mis trop tard pour trouver un son précis et délicat. À 30 ans, la plasticité du cerveau, de la langue, des lèvres et des doigts n'est plus suffisante pour atteindre la précision recherchée, désirée.

C'est toi alors qui m'avais suggéré de revenir au piano. Tu préférais son répertoire, ses harmonies, ses polyphonies, ses dialogues, ses voix intérieures, dans Bach comme dans Brahms bien qu'à cent cinquante ans de distance. Et depuis cette époque, j'essaie de parler sans dire les mots, de ne pas éliminer la scansion, de rester clair grâce aux marteaux de mon instrument, de chanter sans jamais taper, et sans oublier les accents. Que serait la lecture d'un poème sans accents ? Sans accents toniques, comme dans la poésie allemande. Vraiment, pourquoi traduire les *lieder* romantiques ?

Ah, j'aime aussi ces courtes phrases en tierces, que la main gauche enchaîne pendant que la droite déroule quelques gammes descendantes à ne surtout pas noyer dans une sorte de brouillard.

La mélodie doit être articulée. Ce n'est pas *wou, wou, wou* ni *la la la*, encore moins *pom pom pom* mais, au-delà des consonnes, des *e* muets, des apostrophes, des liaisons, des virgules, des incises et des reprises, des phrases, quoi ! Au moins dans mon imagination. La musique est un langage, mais pas un langage automatique, ni même rationnel. C'est la poésie sans les paroles. À ce propos, quand j'écoute du chant, je me surprends souvent à écouter les mélodies sans faire très attention au sens des mots, comme si l'enchaînement des sons était le vrai porteur du sens.

Depuis mes années de flûte je suis devenu sensible aux timbres. J'ai appris à les distinguer et à en extraire l'expression. Et comme je reconnaissais facilement la différence de son entre une flûte baroque et une flûte moderne, j'avais fait quelques recherches et écrit un article scientifique sur la modernisation de cet instrument au dix-neuvième siècle. J'avais compris que la flûte de Boehm, la flûte moderne, était une sorte de compromis entre science et empirisme. Ce faisant, j'avais critiqué les déclarations de certains flûtistes qui prétendaient que la sonorité des flûtes en or provenait des propriétés du matériau plus que de la forme de l'instrument. Ils devaient pourtant bien voir que la forme d'une flûte baroque est différente de celle des flûtes métalliques modernes. Mais, d'après eux, l'or vibrait mieux que l'argent. Et pourtant, ils devaient bien se rendre compte que c'est l'air de la flûte qui vibre, pas le métal, que leur son dépendait principalement de leur souffle, de la forme et de la position de leurs lèvres. Et si les flûtes en or ont vraiment une sonorité différente de celles en argent, ce qui, d'ailleurs, reste à démontrer, c'est peut-être seulement parce que, pour le prix, leur luthier les a plus soigneusement construites.

Quoi qu'il en soit, mes tentatives à la flûte m'avaient surtout appris à « phraser », à développer mes mélodies. Au piano, bien que ce soit un instrument à percussion, on n'enchaîne pas les notes comme si elles étaient toutes égales. Elles ont des relations entre elles. Certaines sont accentuées et dominent, d'autres développent l'élan donné par les premières. Le début d'un mot ou d'une phrase n'est pas attaqué comme la suite. La musique, même au piano, surtout au piano, ce doit être une poésie certes sans paroles, mais pas sans scansion, sans respiration avec des consonnes. Et aussi des voyelles. Plus ou moins claires, ouvertes, longues ou courtes. Mon piano peut parler plusieurs langues selon les consonnes et les voyelles qu'il prononce, c'est-à-dire le type d'attaque des notes, et le timbre des sons ensuite. Au piano, on se parle sans dire les mots mais on ne peut pas se faire comprendre en mâchonnant. C'est un instrument à percussion, mais avec la précision et la délicatesse nécessaires pour s'exprimer. Ce n'est pas du marshmallow.

J'ai pris conscience de la nécessité d'articuler plusieurs thèmes ensemble, avec des allers et retours, puis plusieurs mouvements pour en faire une œuvre entière, comme un roman à partir de ses chapitres et ses chapitres à partir de ses paragraphes, et ses personnages qui se rencontrent, se parlent, se répondent, se coupent la parole. Je ne joue plus Schubert comme avant. J'aime faire dialoguer les basses et les aiguës comme un homme et une femme, une basse et un soprano, et avec beaucoup d'attention les voix d'alto dans Brahms, ces merveilles de voix intérieures qui sont si émouvantes.

À ce propos, Wilhelm Kempff ne faisait-il pas un peu trop de mécanique ? Il faut qu'on chante, qu'on conduise des mélodies, avec leurs montées et leurs redescentes du ton, leurs respirations avant et après. Je préfère m'inspirer de Maria João Pires, ou d'Adam Laloum, de Nelson Goerner, ou encore de Nicolas Stavy lorsque j'essaie de jouer les *Lectures* de Liszt, ou aussi de Philippe Cassard, ou bien sûr, c'est parfois possible, de Glenn Gould. Grigory Sokolov, lui, me fascine mais ses interprétations sont tellement originales que je suis bien incapable de l'imiter. Tous à leur manière, ils trouvent des lignes de chant et de contre-chant entremêlées là où un musicien médiocre ne fait qu'ânonner, comme s'il ne voyait que du digital rythmé.

On a bien répété, et tous les cinq, on se souvient des articulations qu'on a choisies. Et puis on fait bien attention. On ne se trompe pas de langue pour se répondre. On se comprend. Ces quelques pages tournent et me font plaisir. C'est un peu moins difficile que le début, où il fallait se présenter avec un minimum de brio, mais toujours délicatement.

Ah ! voilà les notes répétées que j'aime tant. Mes deux mains jouent la même note, mais sont entrelacées. C'est la gauche qui a un chant en plus. La droite est dessous, elle fait un léger fond sonore pour soutenir la gauche. On est en plein baroque. On dirait du luth, parfois. Mon quatuor se fait discret, il me laisse poliment la place. J'aime bien quand le chant change de côté, que c'est le dessous qui passe par-dessus. Ces échanges me font penser à des sortes d'échanges amoureux…

Mais ce soir tu n'es pas là, toi non plus.

Je me détends pendant trois lignes.

Et toi, te souviens-tu de nos quatre mains, dans mon enfance ? Je courais tellement derrière les notes de la partition que je ne t'écoutais pas suffisamment pour te céder la parole…

Mais je ferais mieux de ne pas partir encore dans ces rêveries, c'est délicat, cet endroit. Il faut que mes deux mains sonnent comme des clochettes, légères. Délicates. Très légères !

Là aussi je mets un peu de pédale, discrètement, pour que le tintement se prolonge. Les vraies clochettes n'ont pas d'étouffoirs, elles résonnent longuement. Pendant ce temps, mais en retrait, comme le paysage derrière les personnages, mes cordes – oui, elles sont à moi ce soir –, mes quatre cordes reprennent le thème initial, le modulent, le découpent pour le recoller dans une autre couleur. Oui, comme ça, il faut faire des plans sonores, on est en pleine peinture. Voilà que la musique devient peinture… Enfin, disons que cette métaphore m'aide à réussir ce que j'essaie d'exprimer.

Je fais ce que je peux, avec mes petits moyens. Il faut au moins que j'essaie. Même si on entend que je fais des efforts, à condition que ce soit sans lourdeur et sans mauvais goût.

C'est là que je me sers aussi un peu de la pédale de gauche. Cela déplace la frappe des marteaux et ils attaquent avec une partie plus charnue, où le feutre est plus moelleux. Cela donne plus de douceur, un autre timbre en adoucissant l'impact, un peu velouté. La couleur du son passe du brillant au pastel. Ce grand Yamaha me plaît, il ne sonne vraiment pas métallique, tout sauf froid. On est en pleine tendresse. Tous ensemble.

Vous nous suivez, dans la salle ? Je ne vous entends pas tousser, c'est bon signe.

Mais mes mains sont toujours humides et j'ai beaucoup de difficultés à contrôler mon toucher. Ça glisse, la sueur ! Vivement la fin de ce premier mouvement que je puisse les essuyer. J'ai posé au bord du clavier ton joli mouchoir brodé d'une jolie lettre bleue, celui que tu m'avais offert, t'en souviens-tu ?

Maria João Pires te ressemble un peu, même taille, mêmes cheveux courts, mêmes yeux vifs bordés de fines pattes-d'oie. Un jour, à la fin d'un concert privé auquel j'avais eu la chance d'être invité, la voyant serrer entre ses mains un mouchoir finement brodé de blanc sur blanc, encore envahi moi-même d'une émotion profonde à la fin de sa sonate de Schubert, je m'étais approché d'elle pour lui expliquer qu'elle me faisait penser à toi, ma mère.

Elle s'était peu servie de ce mouchoir qu'elle avait déposé au coin de son clavier. Je le regardais. Elle l'avait posé à l'ouverture de son Yamaha mais elle ne semblait pas s'en servir pour s'éponger les mains ni le front. Était-ce plutôt un porte-bonheur ?

Elle me raconta son histoire.

Clara Haskil lui avait transmis sa discrétion sur scène, sa sobriété de gestes mais surtout sa délicate expressivité et sa fidélité aux œuvres musicales. L'entourage de Clara Haskil lui avait offert ce symbole d'amitié qui ne la quittait plus. Mais plus tard, pendant un concert, elle avait malheureusement laissé son mouchoir dans sa loge. Et quand elle y revint, à sa grande tristesse, le précieux mouchoir de ses récitals avait disparu. Le voleur (ou la voleuse ?) pouvait-il imaginer la tendresse que ce mouchoir pouvait représenter pour Maria João Pires ? Quelle tristesse !

Enfin, toi non plus, tu n'es pas là ce soir, sauf dans mes pensées. Reste près de moi. Ne t'éloigne pas. On va bientôt finir ce premier mouvement mais il ne faut pas que je maltraite la cadence, je l'aime tant, elle sera pour toi et elle arrive à la page suivante.

Conservatoire

Trouver un contact avec le conservatoire s'avéra facile : Madame M., qui y tenait la classe de piano, était aussi une collègue au lycée où elle tentait d'intéresser à la musique des troupeaux de garnements qui n'avaient d'yeux et d'oreilles que pour la naissance du rock'n'roll et la nouvelle télé bien qu'en noir et blanc avec beaucoup de parasites. Pourquoi pas ? Pierre aimait aussi le rock'n'roll et il regardait les courses automobiles à la télévision chez sa grand-mère. Certes, Madame M. avait des goûts plus classiques mais, ayant probablement imaginé l'importance de la musique dans cette famille, elle entendit favorablement l'idée d'accueillir Pierre dans sa classe de piano.

Toutefois, on n'entrait en classe de piano au conservatoire que sur examen, à moins d'être débutant et d'avoir réussi une première année de solfège. Pour entrer directement au cours élémentaire, Pierre devait donc préparer un morceau de son choix, et passer un examen devant un jury de professeurs.

La solution était simple et Pierre fit mine de la trouver satisfaisante.

Il y trouvait pourtant deux difficultés majeures.

D'une part, il n'avait jamais joué quoi que ce soit en public, *a fortiori* devant un jury de professeurs de musique. À l'aube de son adolescence, instantanément, cette épreuve lui parut donc redoutable.

D'autre part, Pierre connaissait très bien Madame M. C'était aussi sa professeure de musique, dans ce lycée dont il fréquentait les petites classes depuis quelques années. Plutôt brillant dans ses études, Pierre était en avance, plus jeune que ses camarades et donc influençable. Bref, Pierre participait au chahut en classe de musique.

Malgré le brouhaha ambiant et le grand nombre d'élèves, Madame M. n'avait-elle pas remarqué que Pierre s'agitait quelque peu, lui aussi ? L'ignorait-elle volontairement ?

Alors, le jour de l'examen d'entrée au conservatoire, Pierre tomba malade.

Cela devait arriver.

L'épreuve dépassait de très loin ses jeunes capacités de résistance.

Comment aurait-il pu affronter ce jury avec son scherzo numéro 25, page 43, du volume IIB des *Classiques favoris* ?

Désastre !

Inhibition totale !

Naufrage absolu !

Soudain ses rêves s'évanouissaient.

Eh bien, non !

Parfois, la générosité des gens l'emporte sur la rigidité des règlements. Il y a les règles et leur contournement. Madame M. comprit-elle la situation ? Elle obtint une dérogation. Et Pierre entra au conservatoire. Sans examen.

C'était un peu plus loin que la rue de Sébastopol. Et l'accueil fut très différent.

D'abord, au conservatoire régional de Tours, on ne s'habillait pas en pilou rose.

Ensuite, le grand portail à peine franchi, Pierre fut submergé par une tonitruante cacophonie.

C'était un vrai conservatoire qui vous prenait à la gorge avec un chaotique concours de décibels entre des trombones au sous-sol, les percussions à côté, les vocalises des sopranos dans les studios d'étude, douze pianos en répétition à tous les étages, les clarinettes et les hautbois dans les hauteurs... Dans cette joyeuse manifestation d'enthousiasme, les cordes se perdaient dans le bruit de fond. Quant aux clavecins, inutile d'en parler : dans un tel brouhaha, on ne les entendait pas et les harpes encore moins.

Assourdi, ébloui, enthousiaste, Pierre entra.

Souriante, Madame M. lui dit bonjour et le fit asseoir pendant les vingt minutes restantes de la leçon d'une bien belle jeune brune aux cheveux longs qui travaillait un nocturne de Chopin. Ce nocturne commençait lentement et Pierre fut rassuré. Elle chantait bien et, un jour, il arriverait peut-être à en faire autant. Il n'allait donc pas se ridiculiser. Et puis ce grand piano noir lui faisait penser à celui de son père. Rien à voir avec le petit piano droit d'une couleur indéfinissable que Mademoiselle P. avait serré contre un mur.

Mais tout à coup, des rafales d'octaves démarraient à la main gauche et la jeune pianiste – quel âge pouvait-elle bien avoir ? trois ou quatre ans seulement de plus que lui ? – les envoyait sans hésitations ni fausses notes. Quel poignet ! Alors là, l'ambition de Pierre vola en éclats. Jamais il n'atteindrait un tel niveau.

Quoique, après tout, l'espoir que, dans quatre ans, il y parviendrait peut-être le fit rêver aussi.

Alors Madame M. lui demanda de lui jouer son scherzo des *Classiques favoris*, tranquillement, sans se presser. Et Pierre s'en acquitta sans trop d'accidents. Enfin, ce n'était pas un désastre, mais tout de même il n'y avait pas de quoi être vraiment fier, et Pierre s'en rendait bien compte.

Deux autres élèves l'avaient entendu, d'autres grandes filles du cours supérieur qui l'intimidaient mais pas autant qu'un jury de professeurs.

– On va tout reprendre au début, lui dit Madame M.

Pierre ne demandait que cela !

On évita de prononcer le nom de Mademoiselle P. et Madame M. lui proposa un joli petit Haendel, la *Gigue* de la septième *Suite*. Seulement cinq lignes, assez vives (Madame M. les lui joua pour lui donner une idée de ce qui l'attendait) avec du contrepoint pour travailler l'indépendance des mains et l'articulation des phrases, avec des respirations, des soupirs, du brillant, des triolets à enrouler, tout cela dans un très mélodieux *sol* mineur. Pas le moindre exercice de notes tenues. Pas de technique au-delà de ses capacités. De la musique avant toute chose ! Pierre regarda Madame M. avec autant de reconnaissance que d'admiration. Comment avait-il pu suivre les potaches de sa classe dans leurs provocations ineptes ?

Le mardi suivant, au lycée, la classe de musique se passa autrement. Madame M. essayait d'intéresser ses quarante garnements à Chopin. Lorsqu'elle tenta, en vain, d'éveiller la curiosité de ces élèves aux subtiles différences entre les balades (à pied) et les

Ballades (musicales ou poétiques), la classe commença à s'agiter. Alors, Pierre leva la main.

– Madame, est-ce que vous pourriez nous jouer une *Ballade* de Chopin ?

La classe disposait d'un grand piano, un autre grand noir, quelque peu confus mais jouable malgré la grosse caisse qui lui servait d'estrade. Sans la moindre hésitation, Madame M. entama la première *Ballade*. C'était une forte femme. Elle avait ses idées et ne se laissait pas impressionner comme cela.

Pierre savait que Chopin avait écrit quatre *Ballades*, et aussi que son père avait des difficultés dans au moins l'une d'entre elles, mais il ne savait plus laquelle. Visiblement Madame M., qui jouait sans partition, développait les phrases de Chopin avec une certaine aisance. Dès qu'elle s'interrompit, Pierre revint à la charge. Respectueux mais non sans provocation en tête il demanda :

– Et la deuxième, Madame ?

Jouant toujours par cœur, elle entama la deuxième *Ballade* de Chopin.

Alors, la classe se tut.

Même au dernier rang, on était au spectacle. Madame M. n'était donc pas la personne qu'on croyait ? C'était une artiste de concert ? Quoi qu'il en soit, l'andantino de cette deuxième Ballade n'annonçait pas les difficultés redoutables qui faisaient jurer son père, et Pierre, poursuivant son idée, demanda la troisième.

Toujours imperturbable, Madame M., qui se prenait au jeu et avait peut-être deviné ce qui motivait Pierre, enchaîna avec le début de la troisième. Bonne idée ! Cette troisième commence par un allegretto mélodieux qui ne présente pas de difficulté technique majeure, alors que, si Madame M. avait continué la deuxième, elle aurait dû affronter un formidable presto con fuoco en milieu de deuxième page qui aurait constitué un défi d'une autre envergure.

Madame M. avait dû sentir la victoire à portée de main.

Lorsque Pierre, cherchant toujours ce passage redoutable qu'il avait du mal à situer, demanda la quatrième, c'était gagné pour Madame M., la même stratégie eut les mêmes effets : en se limitant à la première page de chaque Ballade, elle brillait auprès d'adolescents qui n'avaient jamais réalisé qu'un vrai musicien professionnel connaît tant de pages par cœur, chante avec ses doigts comme si c'étaient des voix, fait plaisir et se fait plaisir.

Inconsciemment, dans une dernière impertinence, Pierre avait été pris à son propre jeu. Il devint sage dans cette classe. Et ses camarades aussi.

Par la suite, au conservatoire, Madame M. avait senti que Pierre n'aimait pas seulement écouter ses conseils pendant sa propre leçon. Il aimait aussi écouter les autres, ce qu'ils jouaient et les conseils que Madame M. leur prodiguait. Il fallait travailler lentement, décomposer avant de reprendre au tempo voulu. Ne pas mettre trop de pédale, jouer clair et propre. Ne pas travailler en bégayant à d'innombrables reprises. Résoudre les difficultés qui l'arrêtaient au lieu de répéter tout le temps les mêmes fausses notes ou erreurs destructrices. Respecter la partition, écouter les notes enchaînées, chanter la mélodie, se servir peut-être d'un métronome mais sans en abuser…

Un jour elle lui dit :

– Tu sais, Pierre, si tu veux rester pendant la leçon des autres, tu peux. Cela t'intéresserait ? Cela te ferait plaisir ?

– Oh oui ! Et vous savez, Madame, je ne ferai pas de bruit.

Pierre se mit donc à faire des progrès, de vrais progrès. Il avait de plus en plus envie de faire chanter son piano, lui aussi. Il avait compris qu'il apprenait au moins autant en écoutant les autres qu'en suivant les conseils de Madame M.

IL AVAIT ENFIN UN PROFESSEUR !

Une femme admirable. Il apprenait à écouter la musique et ne se noyait plus dans des épreuves techniques. Il ne se contentait plus de lire les notes puis de les enchaîner dans les battements du caporal Maelzel.

Seulement voilà, à la fin de l'année, il y avait l'examen pour passer en cours moyen. Il apprit que cela se passait devant les professeurs dont la simple existence l'avait déjà terrorisé. Il avait préparé le premier mouvement d'une sonatine de Beethoven, morceau imposé pour passer du cours élémentaire au cours moyen. Mais ce Beethoven quelque peu simplet ne lui plaisait pas. Alors Madame M. lui avait fait travailler le morceau du cours moyen, celui auquel il aurait bien aimé entrer l'année suivante. C'était le *Doctor Gradus ad Parnassum*, la « Montée au Parnasse » avec laquelle Debussy avait commencé ses *Children's Corner*. Et ça, il aimait. C'était léger, un peu mystérieux, peut-être même parfois ironique. Pierre avait appris qu'au mont Parnasse habitaient les Muses. Était-ce ainsi que Debussy imaginait les rejoindre ? Il y avait de quoi rêver. À l'examen il commença donc avec la sonatine qu'il écorcha un peu, puis il demanda :

– Je peux vous jouer le Debussy ?

La réponse des professeurs fut brève et sèche :

– Non, ce n'est pas la peine.

Et Pierre sombra dans le désespoir. Il n'y arriverait jamais. Son papa allait lui dire qu'il ne travaillait pas assez et Madame M. serait déçue.

En fait, Madame M. le comprenait parfaitement. Pierre était incapable de passer un examen ? Il était incapable de jouer en public ? Il fallait lui faire plaisir. La musique, c'est pour cela qu'on en joue. Se faire plaisir, c'est cela qui compte. Elle le garda dans son cours élémentaire et lui fit travailler de grandes « pièces ». Elle préférait ce mot à « morceaux » qu'elle trouvait un peu trop ordinaire, pas assez respectueux, scolaire pour ne pas dire pire. En anglais on disait bien *piece*. Quant aux Allemands, ils disent *Stücke*, en particulier pour les grands romantiques comme Schumann ; sans doute ce mot était-il plus noble en allemand que « morceaux » en français. L'année suivante, Pierre travailla donc une pièce brève et dansante de Chopin, une mazurka. La vie continuait.

La grande brune jouait aussi du Chopin. Elle le fascinait toujours autant. Il n'osait pas dire qu'il l'aimait.

D'ailleurs qu'est-ce que ça voulait dire, aimer une fille ?

Cadence

J'ai tourné encore une page.

Je le fais moi-même.

Je ne veux personne pour tourner mes pages. Je ne supporterais pas qu'on me surveille d'aussi près.

Et puis, en général, les gens, même musiciens eux-mêmes, ne savent pas tourner les pages. Ils ne sentiraient pas le moment très précis où j'ai déjà lu la page jusqu'au bout et où j'ai besoin de lire la suite sans que cette page, en tournant trop vite, tombe sur mon clavier.

Je me dis aussi que quelqu'un, si près de mes doigts, verrait mes fausses notes, mes tricheries, mes notes manquantes et celles qui sont en trop.

Alors je suis tout seul face à ce grand Yamaha noir et je tourne la page moi-même. Je ne veux pas interrompre la mélodie donc je ne tourne pas avec la main qui chante, plutôt avec la main qui accompagne et c'est souvent la main gauche. C'est elle qui se dévoue. Elle est généralement nécessaire pour rythmer l'ensemble bien que le quatuor soit aussi là pour cela.

En fait, ce problème de pages à tourner me pose au moins un autre problème : ma main gauche doit s'éloigner du clavier et risque de revenir à côté de ses notes. Il faut que je la guide pour revenir en place. Mais je me dis qu'on excusera généreusement mon amateurisme au lieu de critiquer la médiocrité de ma technique. Sans tourneur de pages, je devrais avoir le droit de faire quelques fausses notes.

Mais les gens ont-ils vraiment cette générosité ? C'est douteux, ils ne sont pas venus pour excuser mes fausses notes. Heureusement que, là au moins, je connais la suite et je peux jouer l'essentiel avec une seule main, même si c'est écrit pour deux mains. L'éditeur a probablement mis en pages la partition pour qu'on puisse tourner cette page tout seul sans trop de risques.

Chez les amateurs, il y a deux grandes catégories : ceux qui lisent couramment, qui déchiffrent « à vue », comme on dit, et ceux qui jouent d'oreille. Ils se souviennent de la mélodie et même des harmonies et ils les réexpriment. Mais les grands pianistes savent tout par cœur et n'ont pas besoin de partition, donc de tourneur de pages. Rentrant d'un concert symphonique, certains sont capables de répéter l'ensemble *in extenso*. Un jour, Gould, mécontent du jeu des instrumentistes de l'orchestre, leur dit qu'il préférait tout jouer tout seul en improvisant l'ensemble sur son seul piano. Et il le fit. Il faut dire que Gould faisait encore mieux : il n'apprenait pas les doigts sur le clavier pour mémoriser un morceau de musique, non, il apprenait en lisant la partition à sa table et c'est seulement ensuite qu'il fermait la partition et jouait la musique sur son piano. Plus aucun problème de pages.

Parmi les champions de lecture, il y a aussi ceux qui savent transposer à vue pour accompagner des chanteurs qui préfèrent soudain chanter plus aigu ou plus grave. En fait, les vrais professionnels savent tout faire. Mais Glenn Gould ne pouvait même pas supporter la présence d'une partition fermée sur son piano quand il jouait en concert ou dans un studio d'enregistrement.

Et il y a d'autres exceptions célèbres.

Vers la fin de sa vie de concertiste, Sviatoslav Richter avait besoin de la partition. Était-il profondément anxieux ? Si oui, cela ne se voyait pas. À moins qu'il ait eu de vraies défaillances de mémoire en fin de carrière ?

Parmi les jeunes pianistes d'aujourd'hui, Alexandre Tharaud raconte qu'un trou de mémoire, un jour, l'a définitivement convaincu de ne plus jamais jouer sans partition. Mais les « tourneurs » de pages lisant rarement la partition au même rythme que lui, tournant souvent trop tôt lorsqu'il y a beaucoup de notes à lire, faisant parfois tomber la partition sur les mains du pianiste quand l'avalanche de notes les rend nerveux, ne sachant généralement pas qu'il faut tourner le haut de la page avant le bas en pliant légèrement le coin supérieur droit, ne lui inspirent pas confiance, une confiance pourtant indispensable. Alexandre Tharaud a donc recruté un tourneur compétent dans chaque ville où il donne un concert. Et pourtant il a raconté qu'un jour, en Italie, son « *page turner* » s'était mis à chantonner la mélodie des *Impromptus* de Schubert pendant qu'il tentait de les interpréter avec toute la concentration nécessaire. Quelle inconscience de la part de ce « *turner* » ! Comment Alexandre Tharaud a-t-il pu supporter cette voix parasite ?

Je me souviens aussi de m'être retrouvé un jour dans une chapelle où trois grands musiciens, Georges Pludermacher, Michel Portal et Frédéric Lodéon enregistraient le trio de Brahms pour piano, clarinette et violoncelle. Ils avaient oublié de prévoir un tourneur de pages. Personne n'était là pour le faire. Je m'étais donc proposé pour rendre service. Partager leur émotion, d'aussi près, promettait d'être une expérience unique.

Mais ma chaise grinçait. Chaque fois que je me levais ou me rasseyais, donc toutes les deux pages.

Les ingénieurs du son doivent savoir effacer des grincements de chaise sur un enregistrement, mais j'étais très mal à l'aise. J'écoutais ma chaise parasite, pas leur musique. Finalement cet enregistrement n'a jamais été publié mais c'était plutôt parce que Michel Portal n'était pas satisfait de son interprétation. Il trouvait que quelque chose n'allait pas dans son anche. Il en changeait sans cesse et me demandait chaque fois si je préférais la nouvelle sonorité. Je ne savais pas souvent si la nouvelle anche était mieux ou moins bien que la précédente. Quel anxieux ! Plus tard j'ai joué ce trio moi-même avec des amis. En repensant à cet enregistrement. J'aurais aimé prendre des leçons avec Georges Pludermacher mais je n'avais pas osé le lui demander. Il avait sûrement des choses plus intéressantes à faire que de constater mes irréparables défauts pianistiques.

Bref, je veux bien tourner les pages des autres mais la prochaine fois je vérifierai l'état de ma chaise avant de rendre ce service. Quant à demander à quelqu'un de me les tourner à moi, alors ça, NON ! Même ce soir ? Surtout ce soir !

Oh mais, une fois de plus, à force de rêver, je me déconcentre. Mon concerto avance, j'ai fait un autre solo de quelques lignes et les cordes ont repris le thème sur lequel je faisais quelques ornements, puis un long trille pendant que les cordes terminaient la réexposition du thème avant de se taire et il me restait une demi-mesure pour que les voix se taisent, toutes, que la mélodie s'arrête, sans choc, en douceur, sans freinage excessif, en atteignant la cadence du premier mouvement.

Ah, voici le gruppetto à la main gauche qui annonce cette cadence.

Je sens mon cœur qui ne ralentit pas.

La musique semble morte mais je sais bien qu'elle ne l'est pas. Une cadence n'est pas une chute.

Le temps s'est suspendu sur un accord de *do* dièse dont l'harmonie donne envie d'être résolue sur un *ré* voisin, la tonalité du concerto.

Ce silence est une inspiration avant de conclure, parce que la fin approche, la vraie fin de ce premier mouvement. Cette cadence ne donne pas lieu à des variations, encore moins à un festival de virtuosité plus ou moins improvisé pour que le soliste se mette en valeur comme ce sera l'habitude plus tard, dans les concertos classiques.

Pour moi, la cadence, c'est un coup d'œil en arrière avant de repartir, de redescendre de cette position dominante pour retrouver le ton. À chaque cadence, je pense à Dante, « sul mezzo del camin' della nostra vita... » dans sa *Divine Comédie*. Au milieu du chemin de notre vie, considérant notre passé lorsque la fin approche.

La mélodie était née, elle s'était développée, avait donné naissance à un thème secondaire, retrouvé son thème principal... et voilà que l'envie lui était venue de contempler le travail accompli. Ce n'était pas encore la fin. Juste un moment de bonheur serein où, après une très légère hésitation, le mouvement allait reprendre avec tout de même une avalanche de triples croches. Mais une seule, simple et claire. Cette cascade de triples croches, c'est pour montrer que c'est l'été indien, la pleine maturité avant de reprendre le thème dans une autre tonalité, ensemble, une dernière fois, et de terminer ce mouvement, tous ensemble et, cette fois, dans le *ré* mineur de départ. Il faut respecter la pureté de cette musique, l'art de Jean-Sébastien Bach de mettre en musique une tragédie dénudée.

On a entendu le bref silence d'une seule respiration après ce *do* dièse et je repars sur mon clavier sans précipitation, comme un pendule qui aurait atteint un point haut, se serait arrêté, aurait pris juste le temps de repartir dans l'autre sens. Une fraction de seconde de trop et nous aurions tous perdu le fil, mais là, voilà, oui, comme ça, il faut sentir le moment juste pour repartir, descendre cette longue gamme sur deux octaves.

Attention à mes pouces qui sont toujours un peu maladroits dans leurs passages en dessous, il ne faut pas les entendre traîner, que la gamme soit une grande glissade bien articulée, limpide, homogène, régulière, sans dérapage et sans bosses. Et puis la gamme remonte et là j'accélère un peu. Dans une cadence, cette liberté est autorisée. Mais mes doigts sont humides, et la glissade pas loin. Je ne veux pas que cela s'entende. Il faut que je montre que je suis un jeune soliste capable d'accélérer en côte, pas une vieille mécanique qui, chargée d'arthrose, dérape en plein mouvement.

Ce n'était pas si mal et j'ai joué mon rôle. Les quatre cordes m'ont compris et rejoint. On est repartis ensemble. Je me détends à nouveau.

Mais toi que j'ai vu entrer tout à l'heure, te souviens-tu de ton *Hamlet* aux Bouffes du Nord ? À la fin d'une réplique, tu t'étais tu. Et tout le théâtre, un peu inquiet, était suspendu à tes lèvres, attendant la suite. Si ce silence avait duré une fraction de seconde supplémentaire, le charme aurait été rompu, le fil cassé.

Mais tu nous laissas juste le temps de respirer une fois, silencieux nous-mêmes, fascinés par ton silence, avant de reprendre la parole et de relancer la pièce. Tu le fis exactement dans le tempo qu'il fallait. Tu nous avais fait sentir la mort et rendu la vie. Quelle finesse ! Quelle maîtrise ! Quel naturel ! Du grand art.

J'ai essayé de faire comme toi. Je ne te vois pas mais tu as peut-être compris que je pensais à toi, pendant cette cadence ?

Quant à vous, vous qui n'êtes pas là, voilà que je repense déjà à vous aussi. Où êtes-vous ? Vous me manquez. Tous. J'aurais tant aimé que vous m'écoutiez.

Même toi qui m'aurais encore imposé tes méthodes, cette fois m'aurais-tu écouté ? M'aurais-tu fait confiance ? Tu me manques, plus que jamais. Mais pourquoi es-tu si loin ?

À quatre mains

Pierre se mit donc à fréquenter le conservatoire de Tours, assidûment. Dans cette nouvelle maison, sa deuxième surprise fut le cours de solfège. Car la rumeur était venue jusqu'à lui : le solfège était considéré comme une nécessité rébarbative, un exercice abstrait, inutile mais imposé, scolaire, profondément ennuyeux.

– Mais ce n'est pas vrai ! cria Pierre, indigné qu'une rumeur manquant à ce point de clairvoyance ait pu être propagée. Quels sont les esprits étroits qui n'aiment pas le solfège ?

Pierre n'aimait pas les erreurs de jugement, ni les idées toutes faites, ni les rumeurs sans fondement, encore moins le manque de curiosité.

Pierre avait envie d'apprendre.

Au conservatoire, il commença résolument avec le nom des intervalles, il fallait bien commencer par le début. Les tierces et les quintes, les septièmes diminuées des tonalités mineures, le triton dit « diable dans la musique », la dominante et la sensible. Les liens entre majeur et mineur aussi. Et l'enchaînement des dièses, *fa do sol ré la mi si*, puis à l'envers celui des bémols, *si mi la ré sol do fa* ; il ne les oublierait jamais.

Il avait déjà appris à lire les mots, puis à faire du vélo, à pédaler « en danseuse » ou en position aérodynamique couchée, maintenant il apprenait à lire les notes, encore plus vite. Il eut la même impression de liberté, et aussi celle d'une conquête sur l'ignorance et sur l'immobilisme, de la découverte d'une autre dimension du monde. Il avait appris à lire des histoires, il apprenait maintenant à lire des mélodies. Il avait appris à enchaîner les pages puis les chapitres, en même temps que les virages serrés qu'il préférait aux interminables lignes droites même sur un grand vélo. Aujourd'hui il n'avait plus peur des intervalles, plus peur des lignes supplémentaires, ni, après les clefs de *sol* et de *fa*, de lire en clef d'*ut* troisième avant d'aborder la clef d'*ut* quatrième. Il enchaînait les portées, des pages de portées.

Il découvrait l'écriture musicale comme il allait bientôt apprendre à lire Pouchkine dans le texte, en classe de russe. Il avait envie d'apprendre la musique ET le russe, une langue aux mystérieux caractères dont la prononciation de chaque consonne chuintante était un défi. Et surtout, son père lui avait dit que Charles, son grand-père, chantait en russe d'une puissante voix de basse. Il ne chanterait sûrement pas lui-même d'une telle voix mais il avait envie de parler russe.

En attendant, il s'était mis à faire la course. En course à pied, sur le stade du petit lycée, il se sentait un peu lourd, empoté, peut-être même ridicule, mais en course de notes, le jeudi, dans la salle Lulli, c'était lui le champion. Il gagnait tous les jeudis. Il lisait les notes plus vite que les autres. Son papa se chronométrait dans l'opus 10 de Frédéric Chopin ? Eh bien, lui, Pierre, il n'avait pas besoin de chronomètre pour savoir qu'il lisait les notes plus vite que ses copains de classe. Sa classe ! Sa classe élémentaire du conservatoire municipal de Tours. Pierre se mit donc à aimer l'école du jeudi, celle à laquelle les autres n'allaient pas, l'école de musique municipale.

Un jour, son père lui demanda :

– Alors, ça va, au conservatoire ?

– Oui, ça va bien. Et puis tu sais, en classe de solfège, c'est moi qui lis les notes le plus vite !

– Les notes ? dans les deux clefs ?

– Dans les trois clefs ! Tu sais, on fait aussi de la clef d'*ut* troisième depuis le mois dernier.

...

– Viens, mon fils, on va faire un quatre mains.

Jouer avec son père ? Ensemble ? Tous les deux sur le même clavier ??

Pierre se retrouva face à une partition tout en largeur, avec les pages de gauche pour son père, qui jouait en bas, et celles de droite pour lui, en haut. Ils ajoutèrent une chaise de plus, un engin mécanique où il eut peur de se coincer les doigts en ajustant sa hauteur, à côté de la banquette habituelle qui, elle, avait le confort d'un cuir matelassé.

Face à eux, la « Symphonie inachevée » de Schubert s'étalait.

– C'est facile, tu vas voir, il suffit de ne pas s'arrêter, lui dit son père.

Déchiffrer sans s'arrêter ! Facile... à dire ! Parce que lire les notes en prononçant leur nom c'était une chose. Mais transmettre tout ça à ses doigts sans les regarder, surtout assis en une position aussi écartée… Et les contretemps ? Parce qu'il devait jouer sur des 1 2 3 pendant que son père ne faisait que les « et » de 1 et 2 et 3 et 1, etc. Ils n'avaient qu'à jouer ensemble sans l'être. Encore facile à dire mais pas à jouer ! Il se retrouvait à deux octaves de sa position habituelle et il allait perdre ses quelques fragiles repères. Et, s'il regardait ses doigts, il ne pourrait plus lire assez vite pour suivre son père qui lui avait dit : « Ne t'arrête pas ! Si tu tombes à côté, c'est pas grave, tu continues. »

Le résultat fut catastrophique. Un véritable désastre !

Mais comment faisait-il, son père ? Pierre, lui, n'y arriverait décidément jamais.

C'était impossible.

Son père était un prodige et lui, Pierre, était nul.

Ce fut une nouvelle crise de larmes, et les portes claquèrent.

Une fois de plus.

Une de plus… mais une dernière.

En effet, son père avait enfin compris à quel point Pierre aimait la musique, sa musique, leur musique. Et cette fois, il n'était pas question de lâcher la partie, de laisser son fils tout seul face aux périls de la passion qui animait sa propre vie depuis si longtemps. Il ne serait pas son professeur. Il serait beaucoup mieux. Ils joueraient ensemble. Rien n'arrêterait sa volonté de réussir.

Un jour, il lui donnerait son Steinway A.

La semaine suivante, il revint donc à la charge :

– Pierre, viens, on va refaire un quatre mains !

Visiblement, il n'était pas question de discuter. C'était un ordre.

– Assieds-toi, on va jouer la *Petite Musique de nuit* de Mozart, tu verras, c'est plus facile.

Inquiet, Pierre ne réussit pas à répondre le moindre mot.

– C barré à la clef, donc c'est à deux temps, d'accord ? Alors je compte 1, 2 et on démarre, d'accord aussi ?

Pierre ne dit pas un mot de plus et son père compta.

1, 2…

Ils étaient partis ensemble et Pierre s'accrochait.

– Ne t'arrête pas, Pierre, vas-y ! Ne regarde pas tes mains, tu sais où sont les notes !

Pierre avait peur, les poignets au bord de la tétanie et le souffle court.

Une ligne, deux lignes, il tenait le rythme imposé mais, à la troisième, la tension était trop forte. Et Pierre sentit, une fois de plus, ses larmes monter. Il allait se noyer. De toutes les façons, il ne pouvait pas, tout à la fois, lire les notes, pleurer, avoir les mains sur le clavier, se moucher…

Il ne voyait plus la partition.

Il s'arrêta.

– Ah non ! Continue !

L'ordre était cinglant.

– On recommence là, dit-il en plantant son index sur la partition.

Et cet ordre n'admettait pas la moindre discussion.

– Et puis tâche de compter ! Tape du pied ! Ne perds pas le rythme !

Le malheureux garçon essayait malgré tout de regarder sa moitié de clavier. Il allait tomber à côté, c'était sûr, et ne plus oser regarder à sa gauche. Les fausses notes s'accumulaient et Pierre perdait tous ses repères. À un moment, il sentit des ongles griffer sa main gauche. Il avait dû s'égarer dans les notes de son père. Il ne dit rien.

– Continue ! 2, 1... Allez ! t'arrête pas ! Oui, c'est ça, allez, oui, continue, c'est pas grave, j'te dis, t'arrête pas ! Tape du pied !

Ils arrivèrent au bout du premier mouvement. Pierre était épuisé mais, face à une telle volonté, il n'avait pas droit à la moindre objection.

– Reprise !

Pierre sentit à ses côtés un besoin de réussir qui ne permettait pas la moindre compréhension de son extrême tension intérieure.

Ce satané mouvement avait une double barre à la fin, avec les petits points qui signifiaient « reprise au début ». Pierre l'avait appris au conservatoire. On repartait déjà. Pierre essuya ses larmes, respira puis repartit avec l'énergie du désespoir.

Deux fois de suite ? Jamais. Impossible !

Et pourtant si.

La deuxième fois, Pierre s'aperçut qu'il se souvenait un peu de la première. Il avait un peu plus de temps pour lire les notes qu'il avait manquées la fois précédente. Il pouvait vérifier de temps en temps que ses mains attaqueraient les *sol* sur les *sol*, pas sur les *la* d'à côté ou pire en plein milieu, sur les deux à la fois, dans un affreux couac.

Ses poignets se détendirent un peu.

Il se souvenait de cette mélodie. En fait, il la connaissait déjà. Cette *Petite musique de nuit* qui était grande, Madame M. la leur avait passée en cours, au collège, l'année précédente. Il s'aperçut qu'en pensant à la mélodie avant de la jouer, cela devenait plus facile de tomber au bon endroit sans regarder. Étonnant…

Et ils arrivèrent au bout.

Cette fois-ci, Pierre ne s'était pas arrêté au milieu.

– C'est bien, mon fils. Dimanche prochain, on jouera le mouvement suivant, lui dit son père.

Pierre s'éloigna en silence du grand piano noir, sortit, traversa le couloir, retrouva sa petite chambre, referma la porte, s'étendit sur son lit… et éclata en sanglots. Une fois de plus.

Y arriverait-il vraiment un jour ?

Une marche funèbre ?

On avait repris le thème tous ensemble et conclu cet allegro dramatique sur un bel accord de *ré* mineur, franc et clair. J'avais laissé l'harmonie s'éteindre lentement dans cette grande salle, puis je m'étais écarté du clavier. On avait tenu ce *ré* mineur jusqu'à sa disparition.

Et je m'apprêtais à prendre une longue respiration, à regarder *mon* quatuor avec affection pour leur dire d'un long regard :

« J'ai fait de mon mieux. On s'est tout de même fait plaisir, n'est-ce pas ? Malgré mes angoisses, je vous ai écoutés, entendus me soutenir, me parler, et nous avons pu partager une certaine émotion. »

C'est donc le moment d'observer un silence, tous ensemble. Le temps de nous concentrer sur un nouveau mouvement, de changer de niveau sonore, d'humeur, de décor, de passer de la joie brillante et articulée de l'allegro initial à un long moment de mélancolie comme nous les aimons tant. Un « adagio », ce n'est plus allègre, c'est un mouvement à jouer dans la tranquillité, « à l'aise »…

Mais soudain, il a fallu que quelqu'un applaudisse !! Nous avions patiemment construit ce silence et quelqu'un l'a déchiré !

Qu'on ne sache pas qu'un concerto classique a trois mouvements qui s'enchaînent, admettons. Mais on peut au moins regarder le programme. Il faut croire que, pour certains, rester silencieux pendant quelques minutes est insupportable. Ne pas bouger, ne pas faire de bruit, écouter, se taire, est-ce vraiment hors de portée ? Écouter le silence, respirer, c'est justement ce à quoi la musique devrait inciter. Pourquoi déchirer le résultat patiemment construit grâce à tant de mesures enchaînées, après tant d'échanges de phrases articulées, reliées, vivement exposées ou doucement répétées ? Est-ce donc si difficile de reprendre son souffle, de calmer avec nous ses poumons et son cœur ?

Au lieu de se détendre et de se laisser envahir, balancer, ravir, enchanter par le génie de Bach, ce type s'est enfermé, défendu, arc-bouté. Au bout de deux cents mesures, évidemment, il n'en pouvait plus.

Il n'avait pourtant rien à faire. Pourquoi ne pas simplement décroiser silencieusement ses jambes ? Non, il a fallu qu'il se libère en déchirant notre précieux silence. Et il a entraîné ses voisins. Ont-ils tous cru que nous allions leur être reconnaissants ? À moins qu'ils aient espéré que ce soit enfin terminé ?

Un jour, Maria João Pires a peut-être dit ne pas aimer jouer en public. Il y aurait « trop de bruits qui la dérangeraient ». Mais elle m'a confié un jour qu'elle était tellement concentrée pendant les concerts qu'elle n'entendait pas le public. Cette fois-là, j'ai pensé qu'elle faisait partie de ces pianistes qui jouent encore mieux en public que face aux micros d'une maison de disques, bien qu'elle dise parfois aussi le contraire.

Quant à Glenn Gould, il décida à 32 ans de ne plus jamais jouer en public, et il le fit. Cela lui permit d'enregistrer en studio une bonne cinquantaine de chefs-d'œuvre en dix-sept ans. Glenn Gould, lui, c'est sûr, n'aimait pas jouer en public.

Quoi qu'il en soit, j'adore leurs enregistrements à tous les deux, bien que leurs styles d'interprétation soient très différents. Et qu'il y ait de nombreux grands pianistes qui, eux, supportent les bruits du public, c'est heureux : ils nous font l'immense cadeau de jouer près de nous.

Bref, je vous en supplie, surtout n'applaudissez pas n'importe comment. C'est les compositeurs aussi qu'il faut respecter en écoutant leurs œuvres sans en briser l'entière construction, en respectant donc le silence qu'ils ont inséré entre deux mouvements consécutifs.

Enfin, il ne nous reste qu'à tenter d'ignorer cette déchirure.

J'attends un peu plus longtemps pour oublier ces spectateurs.

Après tout, si nous avions été vraiment mauvais, ils n'auraient même pas applaudi à la fin de ce premier mouvement. Et je ne devrais pas me mettre en colère, ce n'est pas le moment.

Je réajuste ma banquette, comme le font les grands pianistes…

Et puis je vais demander aux cordes si elles souhaitent s'accorder une nouvelle fois, ne serait-ce que pour me détendre encore un peu. Mais est-ce vraiment nécessaire ?

Le son des violons descend toujours un peu après quelques minutes de jeu. On se réchauffe bien les mains en se les frottant, alors pourquoi pas les cordes puisque l'archet les frotte aussi ? C'est peut-être pour cela qu'elles se dilatent un peu, ce qui pourrait faire baisser leur tension donc la hauteur de leur son ?

Mais c'est peut-être plutôt les clefs qui se desserrent quand les cordes vibrent et je ferais bien de ne pas trop faire de physique au milieu de ce concert.

Je leur fais mon *la* dans le médium, avec un *fa* et un *ré* ensuite. Ils entendent alors l'harmonie de *ré* mineur dont on ne sort pas. Après Sarah, l'un ou l'une après l'autre, ils s'accordent. Nous voilà ressoudés.

Sonia me sourit. Quel bonheur de jouer ensemble ! Elle a vraiment un son magnifique sur son violoncelle, riche, chaleureux, avec un vibrato discret. J'aime cette façon de jouer. C'est très bien adapté à Bach.

Et maintenant, je peux enfin penser à ce deuxième mouvement.

Comme son nom l'indique, il faut donc jouer cet « adagio » à l'aise. Il va falloir chanter cette nouvelle mélodie dans la tranquillité, sans précipitation mais sans lenteur non plus. Bach nous invite à prendre notre temps, à élargir notre tempo, à trouver un balancement tranquille. Il nous faut profiter de ce moment. Cet adagio-là serait plutôt « cantabile », chantant, que « sostenuto » et certainement pas « appassionato ». On est dans la simplicité du beau. Dans le grave mais pas le lugubre. Dans la mélancolie, une mélancolie structurée, surtout pas pleurnicharde.

Pas facile.

Ce n'est donc pas un largo non plus.

L'année dernière on avait travaillé le magnifique quintette que Schumann avait amoureusement dédié à sa Clara. Dans ce quintette aussi, après un premier mouvement brillant, le second mouvement s'installe et se déroule avec une lenteur que nous aimions respecter. D'ailleurs Schumann a précisé : « *In modo d'una Marcia. Un poco largamente* », « à la manière d'une marche, un peu lentement ». Quelle magnifique époque où les musiciens écrivaient en italien !

Dans ce quintette de Schumann, le piano a deux mesures pour donner le tempo. Arthur Rubinstein l'avait entamé comme une marche funèbre. Le quatuor Guarneri l'avait suivi « *molto piano* », « très doucement », comme c'est aussi écrit. Dans cette magnifique interprétation, le résultat est effectivement une marche funèbre, d'autant plus déchirante qu'elle est tout en douceur. L'intention de Schumann était claire. Rubinstein et son quatuor l'ont bien respectée.

Mais Jean-Sébastien Bach, en écrivant le mouvement lent de ce concerto, à quoi pensait-il ?

Les œuvres de Bach ont été classées par Monsieur Wolfgang Schmieder, conseiller musical à l'Université de Francfort juste après la Seconde Guerre mondiale, et notre concerto s'est vu attribuer le numéro BWV 1052. BWV signifie *Bach Werke Verzeichniss*, catalogue des œuvres de Bach. On peut donc facilement trouver que ce concerto a été publié en 1738. Bach avait 53 ans et déjà écrit de très nombreux chefs-d'œuvre. Mais, en réalité, Bach pensait à ce concerto depuis au moins douze ans.

Bach avait d'abord écrit un concerto pour violon qui a malheureusement été perdu. Puis, en 1726 et 1728, il avait repris deux de ses thèmes dans deux cantates successives. Tout cela était avant qu'avec son fils Carl Philipp Emanuel, ils en fassent ensemble le concerto que nous jouons aujourd'hui. Et donc, le thème de notre adagio est déjà dans la cantate de 1726, la BWV 146, un numéro très éloigné du 1052 de notre concerto mais cette numérotation n'est pas chronologique.

J'ai donc regardé les paroles de cette cantate BWV 146 pour essayer de comprendre à quoi Bach et son fils pensaient en écrivant cette musique. Ces paroles étaient-elles tragiques ? funèbres ? désespérées ? Ou étaient-elles, par exemple, l'expression de pensées à la triste mémoire d'une personne disparue ? Était-ce vraiment une marche comme le mouvement lent du quintette de Schumann ?

Cette cantate BWV 146 s'intitule *Wir müssen durch viel Trübsal in das Reich Gottes zu gehen.* Grâce à mes quelques souvenirs de l'allemand et à un dictionnaire, j'ai compris que cela signifiait « Il nous faut traverser bien des idées noires pour entrer au royaume de Dieu ».

Voilà qui n'était pas très gai.

À la tête de son orchestre viennois, Nikolaus Harnoncourt prend ce mouvement très lentement, en accord avec la tristesse des mots. Est-ce que cela pouvait donc être aussi une marche funèbre ?

Ce qui m'a surpris, c'est que Bach a écrit cette cantate pour le dimanche « Jubilate » qui, dans le culte protestant, est le troisième dimanche après Pâques. Comme on pourrait s'y attendre, il s'agit donc de fêter la renaissance du printemps, c'est un moment où, d'après le pasteur Yves Keler, « on met l'accent sur la *jubilation* de la Terre, du sol, autant que sur celle de ceux qui l'habitent, où toute la création, minérale, végétale, animale et humaine se réjouit en commun, solidairement, de la résurrection ».

Alors, une marche funèbre ou pas ?

J'ai repensé au quintette de Schumann qui, décidément, ne m'inspirait pas une émotion de même nature. Dans cet adagio de Bach, l'introduction est une progression dénudée qui nous emmène à partir d'une harmonie en *sol* mineur jusqu'à l'entrée d'une très jolie mélodie, délicate mais pleine d'ornements. Le tempo lent permet de garder toute sa clarté à ces ornements qui, bien qu'en triples croches, doivent rester modestes, aux antipodes de la virtuosité.

Je ne crois pas que cette mélodie doive être brillante, je la sens trop calme pour cela. Mais funèbre ? En y réfléchissant encore davantage, j'ai réalisé que dans le largo de son quintette, Schumann a mis des temps mais aussi des silences. En regardant les partitions des cordes, je me suis aperçu qu'après « *molto piano* », « très doucement », il a ajouté « *ma marcato* », « mais marqué ». On doit donc jouer doucement en marquant les pas, d'où cette interprétation en marche funèbre. Alors que dans l'adagio de Bach l'enchaînement des temps et des harmonies est lié. Il me fait davantage penser à une cérémonie, funèbre peut-être mais avec la lenteur du recueillement et peut-être avec des fleurs blanches qu'on aurait apportées pour rendre un hommage collectif à une personne aimée qui nous aurait quittés.

Je ne comprends donc pas cet adagio comme une marche, il faut se recueillir avec une tendresse ininterrompue. Tout cela n'est pas vraiment une question de tempo, c'est plutôt une question de continuité dans l'enchaînement des harmonies et surtout dans le développement de la mélodie qui entre seulement à la treizième mesure.

Et c'est au piano de chanter cette mélodie, les cordes s'occupent de l'architecture, de la basse continue. Ce mouvement n'avance pas comme on marche, il est lié, presque statique, tendre, fleuri d'ornements qui ne doivent jamais être tendus, surtout pas précipités, naturels. Et surtout il est à trois temps, il faut donc lui donner un peu de dynamique, comme à une roue qui tourne tranquillement, alors que la marche funèbre de Schumann est à deux temps, deux blanches qui font doucement un, deux, un, deux, etc.

Je dois être l'enfant qui se met à chanter aux côtés de parents qui rythmeraient tendrement l'équilibre général.

Confiance ! Il ne me faut penser qu'à la beauté qui m'attend, que je dois offrir à Anne, Sarah, Johannes et Sonia, offrir à tous mes amis présents.

Mes cordes étaient d'accord : il fallait prendre ce mouvement avec gravité mais aussi de la douceur, qui tourne avec une certaine continuité.

Pas facile, tout cela.

J'ai pris deux grandes inspirations de plus. Nous nous sommes regardés. Un léger sourire, et ce moment délicieux est revenu où, à la milliseconde près, nous avons senti que le mouvement repartait, que la vie renaissait. Oui, comme cela, nous sommes dans le calme de l'émotion contenue. Nous installons notre basse continue à l'unisson, sans geste et sans compter, sans cascade, dans la douceur partagée.

Cette lenteur élargie est intermédiaire entre largo et adagio, en somme.

Notre tempo est aux environs de 42 battements à la minute, nettement moins qu'un par seconde, plus lent que celui de Rubinstein et son quatuor à lui dans le quintette de Schumann. C'est aussi le même que le tempo de Gould dans son concert de Leningrad.

Beaucoup plus tranquille que les battements de mon cœur que j'entends encore s'agiter bien que j'aie retrouvé un peu de calme.

Ce qui va surtout compter, ce sont les liaisons, pour installer les basses de l'harmonie au début puis en chantant la mélodie qui va bientôt entrer sous les doigts de ma main droite.

Mais là, il ne faut surtout pas que j'accélère. Les rythmes lents, c'est difficile à garder, on a toujours tendance à accélérer. Mais nous sommes bien installés dans le calme de notre introduction et il faut nous y tenir.

Nous avons travaillé ce rythme lent. Sans métronome bien sûr. Il faut dire que la *Leçon de piano* de Matisse a renforcé depuis longtemps ma méfiance à l'égard des métronomes. J'aime profondément ce tableau qu'il a construit en 1916 en y représentant son fils Pierre ; il est assis derrière un grand Pleyel noir, avec un œil qui semble caché par une sorte de reflet du métronome qui est devant, comme si ce symbole d'un enseignement mécanique l'empêchait de lire la musique, comme si ce type d'enseignement l'en avait dégoûté. Matisse m'a encouragé à tenir ce rythme, lent mais tout en douceur, sans métronome.

Pour le moment, je ne joue que de la main gauche, à l'unisson avec les cordes, et j'en profite pour remettre ma partition au centre du pupitre comme font beaucoup de grands pianistes. Nous installons tranquillement notre rythme, avec de l'articulation mais aussi de la longueur de son pour bien enchaîner les harmonies. J'aime cette entente partagée, cette fusion.

Je regarde Sonia. C'est son registre, je l'écoute. Elle a trouvé cette attaque particulière de ses cordes qui donne cette chaleur à sa sonorité. Pour en être arrivée là, elle a dû avoir de bons professeurs de violoncelle dans une bonne école de musique. Il n'empêche qu'elle a visiblement du plaisir à jouer avec nous. Mais c'est bien elle, tout sourire, stable, elle qui nous soutient tous. Pendant ces douze mesures, je ne fais qu'ajouter un peu d'accent à cette base harmonique de notre adagio. C'est un peu comme si elle faisait les voyelles et que je lui ajoutais les consonnes pour construire des syllabes.

Je ne vais pas piquer mes basses, comme Gould, ces basses sont obsédantes, elles reviennent continuellement. Je vais lier mon chant quand il viendra. En attendant, avec un léger ajout de pédale sur chaque temps, je vais juste porter un peu mes basses comme Sonia le fait d'habitude, pour construire la basse continue ensemble. Après l'introduction, on va écouter mon entrée dans le registre aigu, et je vais sortir ce *ré* avant d'en redescendre. Il faudra m'écouter. Vous m'écouterez ?

Je l'aime, ce *ré* qui entre en scène, mais attention ! Ce solo est « piano » donc doit être beaucoup moins puissant qu'un « forte », mais clair. Il faut bien clairement entendre cette douce mélodie, avec le support du quatuor encore plus doux mais l'ensemble délicatement audible. Heureusement que personne n'en profite pour tousser.

Je vais faire des ornements dans le tempo. Je vais les commencer lentement et les accélérer très légèrement, sans précipitation, j'ai envie d'une beauté aussi épurée que possible.

Sonia est la base de notre architecture, les fondements de notre famille unie dans le plaisir. Ma main gauche continue avec elle et, ensuite, ma main droite dialoguera avec ma main gauche comme dans un concerto pour piano seul. À propos, cela existe aussi, les concertos pour piano seul, le *Concerto italien* de Bach par exemple. Mais je préfère ces échanges à cinq, même à six si je compte mes deux mains pour deux voix, c'est encore mieux ainsi. C'est délicat de me partager en deux mais c'est une situation intéressante. Je suis prêt à jouer deux personnes à la fois, et heureusement parce que c'est souvent ce qui attend les pianistes lorsqu'ils veulent jouer du Bach.

Et toi, Johannes, qui tiens discrètement ta partie d'alto pour seulement enrichir le timbre. Car Bach ne t'a guère laissé d'autonomie ici. Anne va nous faire le haut, les aiguës, avec sa rigueur habituelle. Sarah aussi est très rigoureuse. Avec Johannes et Sonia qui sont solidement installés dans ce tempo lent, vous construisez les fondations architecturales de notre musique.

Je m'y introduis simplement en vous écoutant, je me prépare à ajouter les ornements.

Et maintenant ma mélodie entre en jeu, je la développe avec discrétion mais c'est vous qui m'écoutez et vous me laissez de l'espace sonore. Je m'efforce de retenir mon expression, de rester rigoureux. Je veux ce mouvement mélancolique mais surtout pas dégoulinant. Dès ma première mesure en solo, j'ai de douces appoggiatures lentes qui me font tranquillement exprimer la descente du thème. J'aime ces notes écrites en petit qui servent à en amener une autre. Je fais entendre un silence sur un temps de respiration avant que le thème reprenne une octave au-dessus. Bach, c'est tout le contraire de Rachmaninoff. C'est la poésie pure. C'est l'expression maximale d'un matériau minimal. C'est à moi de chanter ma tristesse tranquille. Je ne fais pas de performance sportive, je chante aussi discrètement que possible.

Je cherche aussi un certain bonheur, la tendresse comme j'aurais toujours dû le faire à tes côtés. Écoute-moi !

Quant à toi qui m'avais fait découvrir la musique ensemble, où es-tu ? Te souviens-tu de nos symphonies ? Si on rejouait ensemble, on ne compterait plus pour démarrer ? Tu ferais les contrebasses et moi les hautbois ? Je ferais attention à mes contretemps, c'est promis. Et on essaierait de mettre davantage d'expression dans nos phrases ?

Une Allemagne

Au collège, dès la classe de 6e, Pierre avait commencé l'allemand. C'était une idée de ses parents, et ils avaient aussi décidé de l'envoyer passer son été en Allemagne. Il n'avait même pas encore 11 ans mais cette décision ne semblait pas admettre la moindre discussion.

Pourquoi si tôt ?

Son frère et ses sœurs étaient partis à l'étranger, eux aussi, mais tout de même plus tard. À lui, on avait dit qu'en apprenant tôt il progresserait beaucoup plus vite et qu'en rentrant il parlerait l'allemand couramment. Il ne pouvait tout de même pas s'agir, en réalité, de se débarrasser de lui pendant l'été… Pierre n'avait pas discuté.

Il était donc parti avec une valise et un petit bonnet, sous la protection d'une jeune amie de sa maman. Heureusement qu'elle lui tenait la main dans la grande gare du Nord ! Elle avait bien six ans de plus que lui et elle allait un peu plus loin, vers Kiel, au bord de la mer. La mer du Nord, elle avait de la chance !

À cette époque, les trains avaient encore une locomotive à vapeur dont on recevait les escarbilles de charbon. On lui avait donc dit de ne surtout pas se pencher par la fenêtre mais, curieux comme toujours, il l'avait fait… et pris une escarbille en plein visage. Il s'en souviendrait !

Sur le panneau de la gare, avant de partir, Pierre avait lu « Hanovre, Berlin, Varsovie, Moscou » ! Mais Pierre descendrait avant, quelque part dans le nord de la Westphalie. C'était néanmoins assez loin. Ils étaient partis un soir et arrivés le lendemain dans la journée.

Dans une petite gare perdue, Pierre avait mis son bonnet pour être sûr qu'on le reconnaîtrait puis il était descendu sur le quai. Là, un certain Herr B. devait l'accueillir et l'emmener passer six semaines chez lui, à la campagne. C'était son professeur d'allemand qui avait choisi cette famille, et Pierre savait qu'il y aurait Friedrich, un garçon un peu plus âgé que lui, avec qui il pourrait jouer et qui viendrait en France l'année suivante, en échange.

Comme prévu, sur le quai, un homme aux cheveux courts et aux yeux bleus, l'air sérieux, l'avait abordé.

– Peter ?

Il murmura :

– Ja…

C'était tout à coup le seul mot d'allemand dont il se souvenait.

Ensuite Herr B. lui dit quelques autres mots, probablement de bienvenue, mais Pierre ne comprenait rien. L'angoisse l'avait envahi.

Quand ils étaient arrivés dans le village, ils étaient entrés dans l'école et Pierre s'était souvenu que ce monsieur était l'instituteur local. Sa femme, Frau B., avait un certain embonpoint et elle l'avait accueilli avec affection. Elle lui avait montré son lit, puis avait essayé de lui faire comprendre qu'on dînerait tôt. Pierre s'était senti un peu rassuré.

Le soir, elle avait montré à Pierre comment prendre un bain dans une sorte de cuve en zinc, mais Pierre ne trouvait pas le moindre mot pour dire qu'il voulait rentrer en France. Elle l'avait embrassé dans son lit, fermé sa porte… et Pierre avait fondu en larmes. Une fois de plus !

Le lendemain n'avait guère été mieux. Pierre avait essayé de se tenir droit à la table familiale, comme on le lui avait appris, mais il avait surtout fait des efforts considérables pour ne pas sangloter. La petite sœur de son correspondant se prénommait Isolde et elle appelait sa mère « Mutti ». Alors Pierre essaya d'en faire autant mais une fois suffit. Ce n'était pas possible. Cette dame avait l'air gentille, affectueuse, mais non, sa mère à lui n'était pas là et Pierre était tout seul. Très loin. Et il n'avait pas le choix : il allait lui falloir rester là pendant six semaines. La nuit venait et son oreiller était déjà trempé.

Peu à peu, il s'était pourtant calmé. La famille B. était tout de même affectueuse avec lui, Pierre reçut une lettre de chacun de ses parents, se calma et fit rapidement des progrès en langue allemande. C'était donc vrai qu'à son jeune âge on pouvait apprendre vite ? Alors Herr B. lui avait proposé de lui montrer son appareil photo, un Leica qu'il manipulait avec beaucoup de précautions. Pierre, lui, n'avait qu'un Brownie Flash Kodak. Mais automatique !

Puis Herr B. avait sorti son album de photos. Il voulait lui montrer ses souvenirs de la Bretagne, quand il était militaire. Il était fier de son uniforme et des autres soldats à côté, tous décorés de croix tordues, bizarres. Il y avait même une photo où ils étaient tous ensemble, à table, avec plein de bouteilles.

– *Es war wunderbar !*

Ils avaient eu douze plats successifs, à ce banquet.

Ah, et puis la gastronomie française !

Pierre n'avait pas compris pourquoi Herr B. était allé en France.

Un peu plus tard, Herr B. lui posa quelques questions sur sa famille.

– Et ton grand-père, où habite-t-il ?

Pierre n'avait jamais connu de grand-père. Il n'avait qu'une grand-mère maternelle. Elle lui faisait des gaufres. Et aussi des bugnes ! Il adorait sa grand-mère. Mais son grand-père maternel était mort dans les tranchées de Verdun quand sa mère était encore un bébé, et on n'en parlait jamais.

Du côté de son père, il ne se connaissait ni grand-mère ni grand-père. Il ne savait pas où cet autre grand-père avait pu disparaître. Et il ne comprenait pas pourquoi Herr B. lui posait cette question.

Plus tard, Pierre supposa que Frau B. avait dû voir dans la cuve en zinc qui servait de baignoire que Pierre était circoncis. « Pour des raisons médicales », lui avait-on dit, cette circoncision lui avait été faite dans sa petite enfance, pas à sa naissance. Pierre trouvait cela naturel sans se poser la moindre question sur la forme de son prépuce, un mot qu'il ne connaissait même pas. Son père ironisait sur les religions et n'en pratiquait aucune. Il aimait surtout se moquer de l'église où allait régulièrement sa mère. Quant aux synagogues il ne savait même pas ce que cela pouvait bien être. Pour Pierre, les églises, les synagogues, les temples, tout cela, ça n'existait ni dans ses pratiques, ni dans ses pensées.

Ayant entendu un jour quelques allusions à des origines russes, il répondit que son grand-père était peut-être mort en Russie. Ou peut-être en route vers la Russie.

Son grand-père paternel était bien mort quelque part entre Paris et Moscou, mais pas dans un train comme le sien.

C'est beaucoup plus tard que Pierre apprit que son grand-père était né à Berditchev, près de Kiev. Il s'appelait Chaïm mais il avait fui les pogroms au début du siècle et traduit son prénom en « Charles » pour s'intégrer au pays de Jean Jaurès, un grand homme qui suscitait son admiration. Pour lui, la France ne pouvait être qu'un grand pays de liberté. Et pourtant Jean Jaurès allait être assassiné un an après l'arrivée de Chaïm-Charles en France. Pour son fils, le père de Pierre, Charles avait choisi un prénom qui lui ferait penser au respect des droits de l'homme en France.

Pierre apprit aussi que Berditchev était une ville d'Ukraine, très connue pour son importante communauté juive. Chaïm était le fils d'un rabbin et la synagogue locale avait besoin de sa voix, une voix de basse magnifique que beaucoup comparaient à celle de l'idole de l'époque, le célèbre Fiodor Chaliapine, ami de Gorki et de Cocteau.

Et encore plus tard, quand il se mit à lire Joseph Conrad, Pierre apprit que cet écrivain était lui aussi né à Berditchev, longtemps avant d'apprendre à naviguer sur des bateaux français et de se fixer en Angleterre. De fait, Pierre écoutait aussi de plus en plus de disques et il se rendit compte que Berditchev avait vu grandir encore d'autres célébrités, par exemple Vladimir Horowitz qui, à 3 ans, s'y était déjà révélé être un pianiste virtuose.

Son père avait-il donc quelques cousins lointains en Ukraine ?

Beaucoup plus tard, il comprit que non en lisant le *Livre noir* d'Ilya Ehrenbourg et Vassili Grossman. En effet, à Berditchev, l'armée nazie avait assassiné l'ensemble de la communauté juive, des dizaines de milliers de malheureux juifs enfermés dans un ghetto, dont la mère de Vassili Grossman, en septembre 1941. Son père n'avait donc plus de cousins là-bas.

Ce n'est que, beaucoup plus tard aussi, que Pierre apprit que son grand-père Charles était effectivement mort entre Paris et Moscou, mais après un bref séjour au Vel d'Hiv : on l'avait entassé avec des milliers d'autres malheureux déportés dans des wagons à bestiaux qui partaient de Drancy à destination d'Auschwitz.

Quoi qu'il en soit, au fond de la Westphalie du Nord, Pierre ne savait rien de tout cela.

Herr B. en avait-il compris au moins une partie ? Mystère.

C'est donc relativement calmement que Pierre continua son séjour. Il n'était pas question d'écourter les six semaines prévues. Il fallait rester pendant ces six semaines.

Il fit donc de très gros progrès en allemand, il put jouer avec la petite Isolde sans imaginer un quelconque lien entre le choix de ce prénom et une admiration des opéras de Wagner, et quand ce fut la rentrée des écoles en Allemagne, il alla prendre une place parmi les élèves de Herr B. Là, il fut surpris de découvrir que la classe était mixte. En France, à cette époque, on ne mélangeait pas les filles et les garçons : ni dans les écoles primaires, ni dans les collèges, ni dans les lycées.

Pourtant, mixte, c'était mieux ! Pierre jouait avec les filles du village dans la cour de récréation. Elles avaient remarqué le petit Français. Lors d'une récréation, elles se groupèrent autour de lui et lui demandèrent :

– De nous toutes, c'est qui la plus belle ?

Elles étaient bien jeunes pour poser de pareilles questions. Mais Pierre avait très bien compris et, sans hésiter, il choisit une très jolie petite blonde de son âge.

Pierre eut alors une autre surprise. Herr B. était autoritaire. Cela ne faisait pas le moindre doute. Dans sa classe, on écoutait sans le moindre bruit. Et pourquoi cela ? Herr B. était armé d'une baguette et il pratiquait les punitions corporelles. Pierre n'eut jamais affaire à cette baguette mais il avait peur, derrière sa petite table d'écolier. Quel séjour ! Ah, ses parents étaient vraiment loin.

Quoi qu'il en soit, au bout des six semaines, Pierre s'était assimilé et parlait l'allemand couramment. Il était presque devenu un petit Allemand, donc il aimait les gâteaux du Dr. Oetker sans imaginer que ce « docteur » était un ancien officier du camp de Dachau. De toutes les façons, il ne connaissait pas non plus l'existence de Dachau. Dans son train du retour, il avait entamé une longue conversation avec la dame d'en face. Elle s'étonnait qu'un tel petit garçon soit tout seul dans un train, aime autant les biscuits du Dr. Oetker et parle aussi bien l'allemand alors qu'il se prétendait français…

Puis il avait retrouvé ses parents et le soleil provençal, mais on était déjà vers la fin du mois d'août. Les « grandes vacances » se terminaient déjà et ce fut bientôt la rentrée scolaire. Dans sa nouvelle classe, les cours d'allemand avaient profondément changé. Il n'était pas content qu'on ne lui donne plus jamais la parole mais, évidemment, son professeur avait plus à faire avec les autres élèves. Il s'y ennuya profondément. Il se sentait à part mais ce n'était pas grave. Il reprit le piano et se prit de passion pour les mathématiques.

C'est alors que les échanges avec la famille B. s'amplifièrent.

Herr B. voulait développer une relation avec ces Français, ne serait-ce que parce que son fils Friedrich devait venir passer un été chez eux avec Pierre. L'échange était prévu et dû. L'été suivant, Pierre eut donc quelques difficultés à jouer avec ce grand en culotte de cuir.

Puis Herr B. s'était mis à envoyer régulièrement des lettres en caractères gothiques que l'on demandait à un collègue germaniste de traduire au cas où elles contiendraient quelque information importante. Et c'est ainsi qu'on apprit que Herr B. proposait de revenir en France et de passer par Tours. On accepta de le recevoir avec sa femme. Souhaitaient-ils contribuer à la reconstruction d'une amitié franco-allemande ? Cela ne pouvait pas se refuser. Il y eut donc un déjeuner relativement amical bien que la conversation ait été difficile.

C'est alors, après un repas poli, que Herr B., ayant remarqué le Steinway, proposa de faire un quatre mains.

– Pourquoi pas ?

Assis côte à côte, les deux hommes entamèrent donc une transcription de la première symphonie de Beethoven. Pierre regarda avec curiosité où ils iraient en abordant ensemble un tel monument sans vraiment se connaître. Mais Beethoven, n'était-ce pas l'occasion idéale pour une réconciliation franco-allemande ? Cependant, on se rendit compte assez vite que Herr B. avait quelques difficultés à suivre le tempo beethovénien choisi. Fidèle à ses principes, le père de Pierre continua imperturbablement, néanmoins sans lui crier : « Continue ! Ne t'arrête pas ! » Peut-être espérait-il que son voisin de clavier, entendant cette effroyable soupe, sauterait quelques notes pour se remettre en mesure ?

Il n'en fut rien. Une certaine cacophonie s'installa. Pierre sentit l'irritation de son père croître à vue d'œil. Arrivé à la double barre finale du premier mouvement, il croisa les bras, se tourna vers Herr B. et le regarda en silence. Il était arrivé avec deux mesures d'avance mais Herr B. alla jusqu'au bout de sa ligne. Ce désastre musical ne méritait pas de commentaires et la séance s'arrêta là, dans un silence pesant.

Rien n'avait été dit sur Auschwitz mais Herr B. n'avait pu s'empêcher de mentionner ses extraordinaires souvenirs de la cuisine française. Avec Frau B. au bras, ils repartirent. Avaient-ils compris quoi que ce soit à cette désastreuse rencontre ? D'autres lettres arrivèrent en gothique mais elles n'eurent pas de réponses. Après ce sinistre quatre mains, y avait-il quoi que ce soit à ajouter ?

Pierre ignorait encore les circonstances exactes dans lesquelles son grand-père avait disparu. Lorsqu'il découvrit l'horreur du nazisme et de la collaboration, le trajet du Vel d'Hiv au camp de Drancy, puis le départ dans des wagons à bestiaux, il se demanda à son tour si son grand-père était mort de faim et de froid dans un wagon ou s'il avait été mis à nu puis encadré pour une dernière marche vers la chambre à gaz…

Pierre était devenu grand.

Malgré tout cela, il aimait la langue allemande, ses sonorités, ses accents toniques, la complexité de sa grammaire, quelques-uns de ses grands auteurs… Il se dit aussi qu'il avait beaucoup de chance de comprendre le texte des *lieder* de Schumann, en particulier les poèmes de Heinrich Heine.

Un jour, en pensant au lycée Balzac où sa maman enseignait, il apprit que Berditchev était aussi la ville où ce grand écrivain avait enfin épousé Madame Hanska. Ils avaient échangé une longue correspondance et, à 40 ans, elle était enfin devenue veuve donc libre. Balzac en avait 42 et déjà une certaine bedaine qui devait, plus tard, inspirer Rodin. Cela au moins, ce n'était pas sinistre. Plus tard encore, il allait découvrir que ces lettres de Balzac étaient conservées à l'Institut de France, et il put lire : « Ô mon amour, fais-toi des cieux sereins, car il n'y a dans mon être qu'affection, amour, tendresses et caresses pour toi… »

Décidément, l'horreur n'est pas loin de la beauté.

Mais ni comme adolescent ni comme adulte, jamais il n'emporta de biscuits du Dr. Oetker dans ses randonnées en haute montagne. Non, la beauté des paysages alpins, le blanc des glaciers et le bleu profond de leurs crevasses, il fallait en protéger la pureté immaculée. Et le nazisme n'avait rien de commun avec Bach, Schumann ou Beethoven.

Pierre avait connu une certaine Allemagne. Pierre allait s'en construire une autre, plus tard, en pratiquant une science moderne largement mondialisée et en partageant avec de jeunes intellectuels allemands l'immense plaisir de la physique contemporaine et de la musique de chambre. Du rationnel et du sentimental.

Ornements

Ma mélodie se développe progressivement, avec plein d'appoggiatures que j'ai tranquillement adaptées à la lenteur de cet énoncé. Même le mordant de la ligne suivante, je le décompose presque. Il ne faut surtout pas qu'on ait l'impression que quoi que ce soit me presse. Il faut que je reste à l'aise, « adagio », dans mon tempo lent.

Et maintenant, j'ai une série de petites liaisons qui s'enchaînent en descendant.

J'adore ça. Dans ce mouvement lent, je suis vraiment dans le bonheur de jouer une œuvre d'art. Mes mains ont enfin séché.

Encore quelques triples croches que je décompose, d'autres appoggiatures et un joli petit mordant. Décidément, cette mélodie du deuxième mouvement est pleine d'ornements qui s'enchaînent sans cesse. Parfois, les interprètes sont censés inventer les ornements, mais ceux-là sont tous écrits par Bach et son fils cadet, qui ont visiblement cherché la pureté dans ce chant instrumental. Et comme l'a écrit Nikolaus Harnoncourt dans son *Discours musical* :

« À l'époque, un bon joueur d'adagio était un musicien qui savait respecter le caractère fondamental de l'œuvre, orner de manière ni ingénieuse ni sportive, sensée, adaptée au caractère du texte. »

Dans ce mouvement lent, il y a toute la place nécessaire pour insérer de nombreux ornements. Il faut les jouer dans la tranquillité de cet adagio, surtout pas les serrer sur la note qu'ils introduisent.

Et voilà une série de triples croches avec même quelques quadruples que j'articule tranquillement dans un léger crescendo. On a vraiment bien fait de choisir un tempo aussi lent. Si j'avais pris un tempo plus rapide, mes ornements auraient perdu leur clarté, leur limpidité, j'aurais fait quelques fausses notes ou même peut-être de la bouillie dans un vague brouillard qui n'aurait plus rien de la sorte de douce célébration que je cherche. Là, au contraire, on profite de la finesse de ce mouvement, tous les cinq ensemble, bien que dans une certaine tristesse.

Et maintenant, trois mordants que je dois enchaîner sur une seule mesure, avec un autre petit crescendo. C'est clair aussi. Je reste calme et je me fais plaisir. Je *nous* fais plaisir ?

Je continue tranquillement et j'ai l'impression de réussir à peu près mes nouveaux groupes de triples croches. Je les joue aussi purs, réguliers et délicats que possible. Là-dessous, les cordes ont l'air de m'écouter tout en gardant le rythme de l'adagio que nous avions choisi ensemble.

En fait, j'aime la lenteur à condition qu'elle soit continûment chantée, jamais interrompue. Michel Schneider avait comparé les deux interprétations des *Variations Goldberg* que Glenn Gould avait enregistrées : celle de 1955 que je trouve, moi aussi, précipitée et celle, beaucoup plus lente, bouleversante, enregistrée vingt-six ans plus tard, en 1981.

« La différence entre les deux versions tient en un mot : moins. Moins vite, moins de tension et d'intentions, moins de dehors. Gould enlève. Il procède par soustraction, omission, ellipse, et pourtant tout est là. C'est l'incroyable : au bout de ce moins, plus nous est donné. Gould accentue les voix intermédiaires, médianes, j'allais dire intérieures. »

C'est admirable. Faire moins pour exprimer plus. Faire chanter les voix intérieures. Gould avait atteint ce niveau artistique un an avant de mourir.

Quant aux ornements, Jean-Sébastien Bach leur attachait beaucoup d'importance, c'est certain. Sur la première page du *Klavierbüchlein*, un petit livre qu'il dédicaçait à son fils aîné, il avait écrit un résumé des ornements et de leurs symboles. Comment les écrire et comment les lire. Ce fils aîné, c'était Wilhelm Friedemann et il n'avait pas encore 12 ans. Mais en 1753, trois ans après la mort de Jean-Sébastien Bach, c'est Carl Philipp Emanuel, son fils cadet, qui consacra à l'art de jouer les ornements toute la partie centrale de son *Essai sur la véritable manière de jouer les instruments à clavier*. C'est dire l'importance qu'avait l'interprétation des ornements dans la famille Bach.

En essayant de ne pas les trahir, je n'accentue pas la première note de l'ornement. Au contraire, je la développe pour arriver sur la dernière note qu'ils annoncent. C'est elle qui est « ornée ». Un ornement, c'est pour embellir une mélodie, pas pour attirer l'attention. L'ornement doit arriver sur la note. C'est comme un bijou sur une belle robe, c'est la broche qui doit orner, être assortie et embellir la robe, pas l'inverse. De même la bague doit embellir la main, le collier embellir le cou, les boucles d'oreilles orner de fines oreilles, etc. Ce ne sont pas les oreilles qui sont mises là pour embellir les boucles. Et puis ces ornements ne doivent pas se faire trop remarquer. Il ne faut pas que je mette de grosses boucles d'oreilles rouge vif, juste quelques boucles qui auront la beauté de leur discrétion, de-ci de-là.

C'est compliqué tout cela mais c'est comme le ton quand on parle, ou la prosodie lorsqu'on lit un poème, cela vient naturellement si on pense davantage à ce qu'on a à dire qu'à la manière de s'y prendre.

J'ai donc fait mes ornements adagio, à l'aise toujours, comme je souhaitais bien les jouer, dans le tempo du reste, sans précipitation. J'ai enfin trouvé la décontraction nécessaire.

Et maintenant, j'ai un long trille qui précède un joli gruppetto. Attention, ne pas me crisper dessus, toujours aussi léger que possible. Puis quelques appoggiatures lentes en leur donnant à nouveau la moitié de la note suivante. J'ai beaucoup d'ornements qui s'enchaînent, donc il faut que je les joue toujours légers, détendus. Et lentement, dans mon tempo lent. Il faut bien développer ces ornements, surtout ne pas me crisper en les faisant trop serrés. Pas toujours facile…

Encore quelques triples croches à garder bien claires, et encore quelques jolis mordants que j'intègre dans un bref crescendo. Il y en a beaucoup, ce mouvement adagio est plein d'ornements qui doivent rester discrets, et j'arrive à cette longue montée vers un *do* aigu, comme s'il s'agissait d'une nouvelle cadence qui ferait discrètement attendre une résolution dans le *ré* mineur voisin, la tonalité du concerto.

Bach résout cette sorte de dissonance d'un vol de quadruples croches.

Mais là, j'aurais dû m'y attendre, je cafouille. Ces quadruples croches m'ont évidemment crispé. Dommage. En fait, les mouvements lents ne sont pas forcément plus faciles à jouer que les mouvements rapides. Cet adagio est plus difficile qu'on pourrait le croire.

Mais ces trois pages m'ont fait plaisir et on atterrit ensemble sur douze mesures de conclusion qui seront d'un grand calme, où il va falloir reprendre l'enchaînement des harmonies du début sans se répéter bêtement, et on posera les trois dernières notes dans un profond silence.

Certaines fins de mouvements sont évidemment des explosions de joie, des accélérations enthousiastes, victorieuses, brillantes, par exemple dans l'*Appassionata* de Beethoven. Mais ici, c'est autre chose. Il faut ralentir en fin de mouvement, et surtout pas brusquement, lentement, progressivement. Comme un danseur qui ne s'arrête pas d'un coup. On s'éteint comme on meurt, en se souvenant de sa jeunesse, doucement, heureux si possible mais dans la tragédie.

J'avais acheté un bouquet de roses blanches.

Le fleuriste voulait m'en faire une couronne trafiquée, dans le style mortuaire commercial. J'avais refusé. Je voulais un simple bouquet. Comme tu les faisais avec les rosiers de ton jardin. Tu m'en avais donné quelques boutures. Ils ont poussé sur mon balcon. Dès que le printemps revient, je prends mon temps, avec mon thé du matin, en leur compagnie.

Pendant les deux dernières lignes de cet adagio, j'ai encore pensé à toi, à toi qui m'avais tant encouragé à jouer du piano, à toi qui aimais écrire, des livres de linguistique savante mais aussi des poèmes. Tu m'avais écrit :

« Espérance de vie.

D'après les statistiques médicales, on meurt moins avant les grandes fêtes, avant de fêter ses noces d'or, etc., et quand on a des responsabilités.

Donc recevoir en famille, fêter un anniversaire, aller chez le notaire : autant d'espérance de vie. »

Tu avais écrit ces quelques lignes parmi de nombreux haïkus fleuris, à chaque semaine d'un *Engagement Calendar* de l'Art Institute of Chicago que nous t'avions offert.

Et tu y avais inséré ce que tu appelais une « Apocatastase », une sorte de restauration poétique du chrysanthème dont je me souviens aussi :

« Fleuri en serre, fané, dépoté, jeté sur le terreau.
Hiver, printemps, été.
Mort oublié.
Le premier jour de l'autre hiver, il est en vie au pied du mur.
La fleur d'or est renée. »

Ce dernier participe passé ne manquait pas d'élégance.

Quelques années plus tard, tu nous avais quittés mais tu avais attendu la fin des fêtes de Noël.

Tu m'avais embrassé une dernière fois, et tu m'avais dit : « Tu es beau. »

Vrai ou faux, je ne sais pas, mais certainement sincère, tu souffrais beaucoup et depuis ce moment douloureux je garde ces trois mots sur mon cœur.

Tu vois, même pendant ce concert, je pense à toi, toi qui aimais m'écouter jouer.

Toi qui ne retrouveras pas la vie.

Toi qui ne viendras pas ce soir, et qui, pourtant, es bien là près de moi.

Toi qui m'aides sur cette scène.

Une mazurka

« Tape du pied ! » lui avait répété son père. Pierre tapait donc du pied.

Jouer ensemble c'était compter et taper, comme cela on ne perdait pas le rythme, on marchait ensemble. On courait aussi. Il faut dire que, pour jouer des contretemps ou jouer en rythme à deux temps alors que l'autre joue parfois à trois temps, s'aider à ne pas perdre le tempo en tapant du pied, cela aidait Pierre. Mais ce bruit de pieds n'était vraiment pas musical. Et cela enfermait la mélodie dans un carcan indéformable, cela n'autorisait aucune liberté d'expression, cela ne permettait que de satisfaire un concours de notes. Les soldats marchent au pas. Mais on ne récite pas un poème au pas cadencé.

Or, justement, quand son père travaillait Chopin, c'était au rythme inébranlable de son métronome, d'abord à basse vitesse, 60 battements à la minute par exemple. Ainsi, il acquérait des automatismes mécaniques mais il ne mémorisait pas séparément les mélodies de chaque main qu'il aurait pu identifier ensuite et faire dialoguer.

Progressivement, il accélérait la vitesse de son métronome et essayait de suivre sans fléchir le rythme imposé par sa machine. Pas la moindre respiration entre les battements. Pas de phrasé. C'était un instrument de torture, ce satané Maelzel. Les mains, dans leur ballet mécanique, accéléraient, accéléraient encore, jusqu'à frôler les records de virtuosité de György Cziffra. Car, en bon mathématicien, il avait aussi un chronomètre. Il mesurait donc le nombre de secondes réalisé par Cziffra sur 327 mesures, puis divisait ce temps par 327 × 4 si la mesure était à quatre temps, puis multipliait par soixante. Il obtenait le temps par noire donc le battement métronomique qu'il allait s'imposer d'atteindre. Par exemple, 136 noires à la minute. Mais se forcer à suivre le rythme de Cziffra finissait par le faire trébucher et alors, probablement, son orgueil souffrait.

Quoi qu'il en soit, après cet entraînement stakhanoviste, il s'occupait surtout de rester dans les temps infernaux qu'il s'imposait au lieu d'écouter les diverses phrases se répondre, se séparer et se retrouver, sortir du paysage harmonique. Ensuite, il arrêtait son métronome et tentait d'assouplir cette mécanique dévastatrice avec un peu d'expression musicale mais cela devenait difficile, c'était trop tard. Les mauvais plis étaient pris.

En fait, le battement du métronome le rassurait probablement. Il se tenait droit dans ses rythmes et ce métronome l'empêchait de trébucher mais, comme un corset bien raide, il ne laissait au pianiste aucune place pour la prosodie. Le père de Pierre avait ses méthodes pour maîtriser ses angoisses. Craignait-il vraiment de ne pas réussir, lui aussi ?

Et pourtant il aimait tellement la musique, il souhaitait tellement transmettre cet amour comme une folie dévorante, que Pierre se mit, lui aussi, à jouer au pas cadencé du Maelzel familial.

Il adorait son père. Et son père, certainement et à sa manière, l'adorait aussi.

Et puis son père avait l'oreille absolue. Il lui avait dit : « Tu sais, la tonalité du téléphone, c'est un *la*, tu l'entends ? » Pierre n'entendait qu'une tonalité banale, et il était bien incapable de dire quelle note c'était. Il admirait son génie de père.

Au quatre mains avec Pierre, on ne mettait pas le métronome en marche mais on en créait un autre à coups de pied. Le métronome ne battait pas mais les pieds frappaient le sol pour le remplacer.

Ils arrivèrent ainsi à jouer la *Petite musique de nuit* en entier. Ce jour-là, sa mère abandonna sa machine à écrire, et descendit de son premier étage. C'était un dimanche, à l'heure du thé, et elle les écoutait. Pierre la sentait à sa droite, attentive, silencieuse, seulement présente à leurs côtés, discrète. Il ne regardait pas sa mère, il avait trop à faire avec ses lignes de notes et les battements de pied à ne pas manquer, mais il sentait sa présence. Elle n'était pas critique ni professorale, ni même inquiète. Non, simplement bienveillante, confiante en la beauté naissante d'un héritage culturel en train de passer une génération.

– Il y a tout de même des chefs-d'œuvre éternels ! dit-elle lorsque la dernière mesure s'acheva.

Pierre la regarda avec tendresse. Il jouerait pour elle. Plein d'autres chefs-d'œuvre. Pour lui faire plaisir à elle. Il ferait des progrès et peut-être qu'à la longue son père croirait un peu en lui.

Il y eut alors ce soir de Noël.

Pierre avait grandi mais il avait parfois envie de rester enfant. Ses parents n'avaient jamais acheté de sapin, ils trouvaient cela ridicule. Infantile. Mais c'est justement cela qui aurait fait plaisir à Pierre, encore un peu d'enfance. Enfin, ce n'était pas si grave.

Et puis, on mettait quand même ses chaussons devant la cheminée le soir du 24 décembre, même sans croire un seul instant qu'un père Noël allait passer par là.

Pierre avait reçu une petite montre, avec des chiffres phosphorescents qu'il pouvait voir dans le noir, d'un vert un peu froid qui l'intriguait. Mais pourquoi ces chiffres s'éclairaient-ils tout seuls dans le noir ? Il avait envie de comprendre.

Les autres ouvraient leurs cadeaux. On partirait le lendemain tous ensemble, au petit jour, pour aller voir où en était la restauration de la vieille ferme du Vaucluse.

Discrètement, Pierre se mit alors au piano.

On ne l'écouterait pas mais on l'entendrait un peu.

Après le petit Haendel, Madame M. l'avait aidé à travailler une courte mazurka de Chopin, son opus 24 numéro 1. Pierre était content de s'exprimer ainsi, sans réclamer l'attention des autres. Il se sentait bien dans ce bonheur familial, partagé et discret. Toujours un peu mélancolique, mais heureux.

Il entama sa mazurka.

Doucement, il installa un rythme ternaire qui roulait sans à-coups. Pas besoin de taper du pied. Madame M. lui avait appris à écouter le temps fort, en début de mesure, que deux autres, plus faibles, suivaient avant une très légère coupure, comme une infime respiration entre chaque mesure qu'on trouvait en relâchant la pédale, juste pour interrompre la continuité du son, le temps de faire un nouveau tour de roue. Il fallait imaginer les danseurs qui, comme dans une valse, suivaient en souplesse et respiraient tous les trois temps.

Et Pierre avait l'impression d'y arriver. Ses pieds ne tapaient pas, ils dansaient.

À la deuxième ligne, il sentit comme un léger frisson naître au creux de sa nuque.

Mais que se passait-il tout à coup ?

Le frisson prit de l'ampleur et Pierre essaya de retenir son émotion soudaine. Il avait besoin de voir ses notes ! Le frisson s'amplifia encore et descendit dans son dos. Sa mazurka n'était pas longue, et quand Pierre arriva au bout, il fit un léger ralenti pour ne pas s'arrêter brutalement, laissa le son disparaître lentement dans la pièce, enleva ses mains du clavier et les mit sur ses genoux. Alors ses yeux laissèrent couler deux larmes qu'il n'essuya pas.

Ce plaisir-là, il ne l'avait jamais connu, il allait le chercher et le retrouver, tous les jours, toute sa vie.

Son frère et ses sœurs n'avaient rien remarqué. Sa mère s'approcha et lui dit : « Elle était belle ta mazurka ! Tu sais, un jour, avec ton père, quand on s'est connus, on était allés écouter Alexander Brailowsky salle Gaveau, à Paris. Il était beau, tu sais, c'était notre idole ; il était né en Ukraine avant de devenir français et de vivre finalement à New York. Il avait joué la même. »

Pierre ne répondit rien.

Sa mère l'aimait !

Son père ne dit rien non plus, il était déjà en train de charger la voiture pour le voyage du lendemain. Il ne l'avait pas écouté. L'aimait-il, lui aussi ?

Il avait sa manière de l'aimer, mais oui, sa manière, certainement.

Échos et clochettes

Et maintenant, l'allegro arrive au programme. C'est un nouvel instant de silence. On respire. Ensemble.

Tiens, on dirait que cet inconnu a oublié d'applaudir. S'est-il calmé ? A-t-il enfin lu le programme ? Merci !

Le rythme va radicalement changer. On était dans la lenteur d'une triste rêverie et là, tout à coup, on se lance dans la joie du mouvement. Malgré tout, il ne sert à rien de prendre un tempo trop rapide, de risquer l'explosion dans cet allegro. Et ce n'est pas un presto. Une fois de plus, je n'ai pas à faire d'effets de virtuosité, d'autant que je ne suis pas un virtuose, ma technique est limitée. Et puis le bouquet final a des triples croches qu'il va falloir jouer claires, des phrases qui ne seront belles que proprement articulées. Or j'ai horreur de ralentir quand cela devient difficile. Cela se voit tellement… Mais justement, quand je prends peur, j'ai tendance à accélérer et Anne me le reproche souvent. Donc aujourd'hui je ne vais pas m'y laisser aller. Du calme ! Anne, aide-moi à garder un rythme stable, à ne pas retomber dans mes défauts. Pour cela il faut absolument que je reste détendu. À nouveau.

Par précaution, je m'essuie une fois de plus les mains en repensant à Maria João Pires.

Silence. Personne ne tousse non plus.

Je m'essuie encore le front.

Je respire.

Je change de position. Je me détends les bras, le dos, les jambes, le cou.

Je ferme les yeux un bref instant.

Je ne regarde pas la salle mais je jette un bref coup d'œil à mon quatuor. Quelle chance j'ai, décidément, de jouer avec eux !

Mais il faut vraiment me concentrer. Ici, à nouveau, il va falloir commencer tous ensemble, brillants dès le premier *ré*.

On prend une respiration déjà synchrone et on entame le troisième mouvement à l'unisson. On a changé de paysage. On me semble danser ensemble dans ce rythme à trois temps. Mais attention, trois lignes plus loin, c'est écrit « Solo », la parole est à moi et je fais sortir ma partie dans l'aigu. Avec simplicité puis avec quelques ornements. D'abord une appoggiature suivie d'un trille que je ne précipite pas, ni l'une ni l'autre.

Je ne suis pas mécontent. Cet allegro me semble allègre.

Je reste détendu et mes mains ne sont pas encore trempées. Deux mesures plus loin, mon nouveau mordant manquait d'arrondi, il faut absolument que j'écoute ma mélodie ornée mais je ne devrais pas trop penser à décortiquer tous ces détails d'interprétation.

Et pourtant…

Je dois me concentrer sur l'assortiment de ces ornements, faire battre les trilles dans le rythme, et les mordants aussi. Faire mes appoggiatures sans précipitation. Là aussi, le chant est truffé de décorations mais dans un style différent. C'est beaucoup plus virtuose, on n'est plus du tout dans la mélancolie de l'adagio précédent, il faut rester clair, limpide même.

J'aime bien donner à ces appoggiatures la juste moitié de la durée des notes qu'elles introduisent. Ainsi, elles font un peu attendre leur entrée. Partager le temps. Ces notes sont souvent en dehors de l'harmonie donc on fait des dissonances pour retrouver la consonance.

Il faut que je reste modeste et discret. Pas d'excès. Pas d'agressivité.

Et là, Bach nous a mis une gamme à la main gauche qui nous ramène dans un chant tous ensemble, un « tutti ». Mais j'ai des notes répétées. Dès le début de ce troisième mouvement j'en avais par groupes de quatre mais là, à la prochaine mesure, j'ai onze *ré* de suite ! Je n'ai pas envie que ce soit plat, je vais faire une sorte de crescendo en deux vagues :

ré, ré, ré, ré, ré, ré, ré, ré, ré, ré, ré

et un mordant lumineux juste après. Voilà. J'espère que ce n'était pas de mauvais goût.

Décidément, ces ornements sont délicats. Là, ils étaient écrits mais, à la page suivante, je crois qu'il faut en inventer quelques-uns moi-même, pas trop ni n'importe où. Ce n'est pas de la décoration surchargée comme on imagine parfois celle d'une église baroque, c'est seulement pour orner discrètement, enrichir une répétition, mais sans excès. Personnellement j'aime bien mettre un petit mordant quand je reprends un thème mais pas plus. Il faut rester modeste dans cette décoration. Respecter l'architecture originale.

J'avance dans ce dernier mouvement, je pense à la musique, pas trop à mes angoisses. Si je ne me déconcentrais pas trop en pensant à vous tous qui n'êtes pas là, je devrais y arriver sans trop de catastrophes.

J'aime bien retarder un peu la note attendue grâce à une appoggiature qui reste dans le tempo général, seulement légèrement étrangère à l'harmonie pour soutenir l'accord qui vient dans la tonalité principale. Il y en a de brèves mais je préfère les longues, celles qu'on attaque sur le temps et qui vont retarder la note suivante, celle qui a besoin de se faire un peu attendre. C'est comme lorsqu'on parle et qu'on fait un peu attendre un mot important, un mot qu'on veut souligner.

Nouveau tutti suivi d'une nouvelle entrée en solo. En fait, on se laisse parler mais chacun à son tour, comme dans une sorte de conversation. C'est délicieux, cet échange. J'aime beaucoup cela.

J'ai encore quelques harmonies que je veux renforcer avec un peu de pédale. Puis c'est à ma main gauche d'introduire une courte phrase, comme une voix intérieure qui rappelle la tonalité de *ré* mineur et recommence comme un écho une octave plus bas. J'aime aussi ces voix graves. Ces graves sont souvent les voix du calme. Il n'y a pas de colère dans ce concerto. D'ailleurs la colère ne m'a jamais réussi.

Quand je me fâche, ma voix monte dans l'aigu, un aigu écorchant que je regrette quand c'est trop tard.

Et voilà que je repense à toi, toi qui n'es pas là. On s'aimait mais on s'est déchirés. Notre relation a changé et tu n'es pas venue ce soir.

Si, tu es là ?

Et maintenant cette suite de deux échos que je réussis à exprimer sans effort comme venant du lointain. Mes cordes m'y aident. Je les embrasserai à la fin.

Ah, voilà les clochettes que j'adore. On avait refait trois lignes ensemble, tous ensemble, pour ce « tutti ». Et vous m'avez laissé la parole. Je peux faire sonner ces clochettes qu'effleure le petit doigt de ma main droite, avec quelques échos parfois de la main gauche. En les soulignant avec un tout petit peu de pédale mais, en fait, les deux pédales à la fois pour être le plus léger possible tout en prolongeant le son de ces clochettes. Je trouve ainsi une sonorité cristalline, et ma main gauche trouve de discrets petits *tic-tac* qui se répètent, se répondent, puis changent de ton.

C'est étrange, mais il y a des gens qui affirment que la musique n'est pas un langage et j'ai beaucoup de difficultés à comprendre comment on peut dire cela. Mes clochettes se répondent l'une à l'autre, changent de ton, recommencent, se perdent un peu dans le paysage puis se retrouvent. Elles se parlent et mes quatre cordes les écoutent, je le sens. Quelle douceur ! J'adore ce passage.

L'autre jour, je suis tombé par hasard sur la retransmission d'un concert d'Alice Sara Ott qui jouait le troisième concerto de Beethoven avec l'orchestre philharmonique de Radio France. Cinq millions de mélomanes variés l'avaient déjà écoutée ! Quel phrasé magnifique ! Mais surtout quel dialogue permanent elle entretient avec l'orchestre, pieds nus et tout investie dans ces échanges ! Quelle limpidité, que de nuances dans sa moindre phrase ! Les musiciens de l'orchestre étaient fascinés, capturés, attentifs à son moindre geste et à la moindre nuance dans son toucher pour mieux lui répondre. Elle aussi était attentive au moindre geste de Mikko Franck, le chef d'orchestre, et aux douces prises de parole du hautbois, de la clarinette, de toutes les cordes réunies ensemble dans cette construction collective. Comment peut-on dire, après avoir entendu un tel chef-d'œuvre d'interprétation, que la musique ne serait pas un langage ?

Oui, un langage, surtout lorsqu'on joue du Bach, en articulant les mélodies. Omettre cette articulation, ce serait supprimer les consonnes en parlant. On ne joue pas du piano en enfonçant des séries de *toc-toc*, il faut faire des phrases, j'y repense sans cesse. Et on ne devrait pas avoir à y penser.

Il faut chanter, c'est bien cela l'important !

La musique c'est de la poésie sans les paroles et pourtant c'est des phrases, du chant, souvent des « romances sans paroles », comme disait Mendelssohn.

Et la musique a même quelques similitudes avec la peinture. Le placement des phrases les unes par rapport aux autres me fait parfois penser aux paysages de Poussin, avec ses petits personnages en premier plan mais aussi d'encore plus petits dans les arrière-plans.

Et les joueurs de jazz, ne parlent-ils pas des notes bleues de leur blues, une allusion au *blue devils* de leurs états d'âme qu'on traduit en français dans une autre couleur, les « idées noires » ? Quelle que soit cette couleur, on en a trouvé un peu partout, de ces « notes bleues », par exemple certaines notes sensibles chez Schubert. Bref, je suis vraiment étonné qu'on puisse nier que la musique soit un langage.

Et pourquoi déshabiller la musique de son expression ? Pourquoi priver la musique de cette dimension essentielle, pourquoi en faire des squelettes ?

Pendant que je pense à de telles questions plus ou moins abstraites, la mélodie s'enrichit et laisse la place à de délicates petites gammes en triples croches montantes. Dommage que j'aie une page à tourner en plein milieu. Mais, pour la quatorzième fois ce soir, j'ai réussi à la tourner sans faire tomber ma partition sur mon clavier, sans rien déchirer non plus, ni le développement de la mélodie, ni la partition pourtant devenue fragile après tant d'heures de travail préparatoire.

Ces gammes sont liées, en opposition avec les phrases suivantes, des enchaînements que je joue pianissimo et légèrement piqués. Le choix de ces articulations est important. J'espère que mon choix n'est pas erroné. La parole et la phrase musicale sont là, dans ces subtilités d'énonciation. Et comment parler sans dire les mots ? Comment se faire comprendre en mâchonnant au lieu de lire de la poésie ?

Là, Bach m'a tellement fait plaisir que j'en oublie mes angoisses.

Mais il faudrait peut-être que je n'oublie pas de lire ma partition…

En le prenant bien « allegro », surtout pas « presto », j'ai réussi à rester maître de tout cela, mais attention ! Ce mouvement est loin d'être fini et la conclusion est périlleuse. Ce mouvement n'est certainement pas une plate série de notes, pas non plus un exercice de virtuosité flamboyant comme celui que la petite Polina Osetinskaya a joué en public à l'âge de 8 ans. Elle était trop jeune pour comprendre que l'interprète doit s'engager corps et âme mais pas faire une course contre la montre, aussi intense et passionné soit-il. L'interprète peut être flamboyant mais ne doit pas être écrasant. À 40 ans, elle fit nettement mieux, admirablement mieux, heureusement.

C'est bien, de vieillir, non ?

À trois mains

Pierre sortait progressivement de l'enfance, mais il n'allait déjà plus au conservatoire. Il prétendait qu'il n'avait plus le temps d'aller à la fois aux leçons de piano, au cours de solfège obligatoire et au lycée. Ah, l'adolescence ! Était-ce la vraie raison ? N'était-ce pas plutôt qu'il souffrait de ne pas réussir ses examens de musique, de ne pas supporter le caractère quelque peu scolaire du conservatoire ?

Madame M. avait été déçue. Elle pensa qu'il abandonnait la musique et fut surprise d'apprendre que non, qu'il continuait à jouer, mais tout seul. Dans son coin, il travailla enfin le troisième impromptu du premier cahier de Schubert. Il aimait cette douce mélodie aiguë qui s'appuyait sur une décomposition permanente des harmonies en ensembles de six croches auxquelles les graves répondaient régulièrement. Il avait cependant des difficultés à garder longtemps la légèreté exigée pendant de nombreuses pages, lorsque la main droite avait à jouer à la fois le chant avec le petit doigt et l'harmonie en dessous, avec les autres doigts. Mais il avait réussi à en tirer un plaisir certain.

Il en avait souvent écouté l'interprétation par Dinu Lipatti, un vinyle dont il aimait la pochette.

– Tu as vu, maman, il a une raie au milieu des cheveux !

– Oui, tu as raison, il était beau, Lipatti. Tu sais, son prénom se prononce « *Dinou* » avec un accent sur le « ***i*** », et c'est le diminutif de Constantin en roumain.

– C'est important pour les prénoms, les accents, comme en musique ?

– Oui, bien sûr.

– Et tu sais toutes les langues, toi, même le roumain ?

– Non, pas le roumain… Mais je sais que Dinu Lipatti est mort jeune. Il avait la maladie de Hodgkin. C'était très grave. Il n'avait que 33 ans…

Ils rêvaient ensemble.

– Il était plus jeune que toi, quand il est mort ?

– Oui, malheureusement, il est mort très jeune.

Comme beaucoup d'autres adolescents, Pierre avait aussi travaillé la *Fantaisie-Impromptu* de Chopin. Et là sa maman revint le voir :

– Décidément tu me rappelles l'Alexander Brailowsky de notre jeunesse. Il l'avait enregistrée, cette *Fantaisie*, tu sais.

Ne relevant même pas l'immense honneur qu'une telle comparaison pouvait signifier, il lui demanda :

– On a le disque ?

– Ah, non… malheureusement.

C'était dommage. Pierre affrontait des merveilles très connues. Pierre était fier, au point d'être un peu inconscient. Alors son père intervint :

– Oui, enfin, dans une musique comme ça, il faut faire sortir la mélodie, chanter, quoi !

Pierre encaissa et revint sur Terre. Il fallait chanter. Il se mit à réfléchir. Son père devait avoir raison. Pierre l'avait beaucoup rabâchée, cette *Fantaisie*, et il ne restait que des notes, la mélodie avait été effacée par la répétition de ses séances de métronome. Heureusement que sa maman le soutenait. Il allait corriger ces mauvaises habitudes et continuer.

Pierre déchiffrait la musique assez facilement. Était-ce le résultat de ses courses de vitesse au solfège du conservatoire ou celui de leurs séances à quatre mains ?

Alors son père lui demanda de lui tourner les pages quand il jouait pour sa mère. Il fallait rester debout, à droite du clavier, et lire la partition en même temps que le pianiste. Il fallait aussi tourner vite et au moment précis où son père le réclamait. Il fallait lire les notes avec environ une mesure d'avance sur la musique qu'il entendait. Donc il fallait bien suivre sur la partition ce que son père était en train de jouer, et juste une mesure avant la fin de la page, un geste rapide pour lui permettre de lire la suite. Mais sans faire tomber la partition par terre, évidemment. Et puis, en fait, ce n'était pas toujours une mesure avant, cela dépendait du nombre de notes à lire par mesure. C'était plutôt un certain nombre de notes à apprécier avant la fin de la page et là cela devenait difficile, d'autant que son père ne lui faisait pas toujours signe d'un petit coup de menton. Il fallait lire exactement à la même vitesse que le pianiste. S'il tournait trop tard, son père devait se tordre le cou pour voir la suite. Alors Pierre essayait de bien lire en même temps pour bien sentir le moment critique.

Il y arrivait à peu près, et c'était seulement à lui, Pierre, que son père demandait qu'on l'aide. Seulement à lui ! Était-il devenu utile ? Il était fier de rester debout près du Steinway A, même parfois pendant une bonne heure.

Puis son rôle s'enrichit.

Ses parents avaient trouvé une vieille ferme en ruines au pied d'un très joli village du Vaucluse où il n'y avait même pas l'eau courante et où les maisons à vendre ne valaient presque rien. Petit à petit, ils avaient restauré la toiture, les murs et les plafonds, installé un peu de chauffage. Puis la construction du barrage de Serre-Ponçon avait permis grâce au canal Durance-Ventoux d'irriguer toute l'agriculture provençale et d'y amener l'eau courante dans les villages. Alors ils avaient cessé de prendre des douches avec l'eau du puits, planté des arbres, des vignes, et fait pousser des tomates, des carottes et des radis qu'ils pouvaient arroser.

Ils avaient acheté aussi de vieux meubles chez un brocanteur et l'endroit s'était transformé en un véritable paradis pour les « grandes vacances », comme disait Pierre.

Sauf qu'il y manquait un instrument de musique et son père pensait qu'un piano ne résisterait pas aux hivers rigoureux, encore moins aux étés torrides. Ils trouvèrent alors un vieil harmonium, avec un clavier en ivoire épais, un instrument qui était beau bien que gondolé, et malgré des soufflets crevés. Une église de la région avait dû s'en débarrasser. L'habile enfant aîné d'amis agriculteurs du voisinage avait alors réparé les soufflets avec du cuir tout neuf et là, oh merveille ! ce meuble fatigué était devenu un instrument de musique à condition de pédaler fort, mais ça, Pierre était déjà cycliste et il savait faire. Alors ils installèrent l'harmonium dans l'ancienne porcherie qui ouvrait sur la cour intérieure de la ferme, par-dessus une mangeoire en pierre, et ils achetèrent toutes les œuvres pour orgue de Jean-Sébastien Bach, une pile de partitions d'une jolie couleur brune, tout en longueur. Une pile impressionnante.

La cour de cette ancienne ferme se transforma soudain en église sans autel, sans crucifix et sans vitraux. La porcherie était devenue une très petite salle ouverte en permanence pour d'incessants concerts.

Le seul problème, c'était qu'il y avait trois portées sur ces partitions : une pour la main droite et une pour la gauche, comme d'habitude, mais aussi une troisième, dans les graves, pour le pédalier horizontal des organistes. Et cet harmonium ressuscité n'avait évidemment pas de pédalier, seulement des soufflets grinçants qu'il ne fallait pas lâcher une seule seconde. Alors son père eut une bonne idée : il demanda à Pierre de se tenir debout, cette fois à gauche de son petit clavier – celui-là était en ivoire jauni, assez déformé par la chaleur provençale – afin de lire la troisième ligne des partitions et de la jouer sur le bas de son clavier pendant qu'il jouait les deux autres. Il fallait aussi tourner ces larges pages mais ce n'était plus du piano à quatre mains, c'était de l'harmonium à trois mains. Et deux pédales qui couinaient bruyamment.

Ils se mirent donc à jouer toutes les fugues et toccatas de Bach, des piles de chorals, sa fameuse passacaille, ses six sonates en trio et même quelques concertos de Haendel. Ils avaient de quoi faire, son père et lui, et avec un peu d'imagination et beaucoup d'indulgence, ils trouvaient que c'était de la vraie musique. La famille aussi. Pierre continua à faire des progrès en déchiffrage. Il aimait ces concerts familiaux, même quand son père lui demandait encore de taper du pied mais pas au rythme des soufflets, juste pour garder le tempo des mains.

En fait, il s'installait une certaine complicité entre eux : ils construisaient du bonheur ensemble ! Bien que dans une porcherie, ils faisaient de la musique « de chambre » et ils en partageaient le plaisir. Le clavier de l'harmonium n'en demandait pas moins pour faire rêver aux grandes orgues de l'église Saint-Thomas de Leipzig…

Cette histoire de trois mains, ce nouveau plaisir de jouer ensemble, les avait définitivement rapprochés.

Alors, le lendemain, ses parents l'emmenèrent à un grand concert. Sans lui demander s'il en avait envie. Cette question ne se posait pas. La réponse n'aurait pu être qu'affirmative.

– Tu vas voir, je crois que ça va être grandiose !

Pierre comprit qu'il avait de la chance. Il emporta un pull parce que c'était le soir *et* en plein air. Un opéra ! À Aix-en-Provence qui n'était pas très loin mais la soirée allait être vraiment longue.

À 14 ans, Pierre n'avait pas l'habitude de se coucher tard et n'avait jamais entendu un orchestre accompagner des chanteurs. Il n'avait pas envie de s'endormir et il ne s'endormit pas, sauf sur le chemin du retour, en pleine nuit, au fond d'une vieille Citroën Traction avant qui ronflait entre les platanes.

Le lendemain matin, il y pensait encore :

– Elles chantaient bien, les deux femmes, hein ?

– Oui, magnifiquement.

– Comment elles s'appellent ?

– Teresa toutes les deux mais l'une Stich-Randall et l'autre Berganza.

– Elles avaient aussi des belles robes… Et qu'est-ce que ça veut dire « *Cosi fan tutte* » ? J'ai pas bien compris ce qui se passait…

– Ça veut dire « Comme elles le font toutes » mais tu sais, c'est une histoire compliquée avec deux hommes et deux femmes qui s'aiment mais qui se trompent aussi.

– Et pourquoi, les gens, ils applaudissaient au milieu ?

– C'est une tradition, à la fin des grands airs, on applaudit. Tu sais, les opéras, c'est pas comme pour les concerts ordinaires.

– Décidément, j'y comprends rien. Mais elles chantaient bien, hein ?

– Ah, ça oui !

Où es-tu ?

J'ai l'impression que tu es là. Je sens ta présence.

Je ne t'ai pas entendue arriver et je ne veux pas te chercher dans cette salle. Tu ne voulais pas venir. Tu aurais changé d'avis et tu serais entrée discrètement ? C'est pourtant à toi aussi que j'ai pensé en travaillant ce concerto, hier comme l'an dernier, avant-hier comme il y a vingt ans.

Te souviens-tu de ce jour d'hiver où je te l'avais joué, mais sans orchestre, dans notre vieille ferme et sur une casserole désaccordée ? Comme dit Nancy, « l'espèce humaine est fabulatrice ». Nous avions créé un orchestre fantôme, une fiction plus vraie que nature, nous étions au concert sur cette casserole. T'en souviens-tu, toi aussi ?

J'avais froid mais j'avais appelé Jean-Sébastien Bach au secours.

C'est toi qui étais venue.

Dans mon dos.

Et tu avais passé tes bras autour de mon cou pendant que je te jouais ce concerto. Bach nous avait réchauffés.

C'est pour toi que je l'avais joué pour la première fois, en toute intimité, pour le bonheur de partager avec toi le premier grand concerto de la musique occidentale. Le concerto fondateur de toute cette magnifique tradition. Nous rêvions ensemble, « de concert », de ce dialogue instauré entre un piano solo et un orchestre alors que cet orchestre, justement, n'était là que dans notre imagination.

Et puis nous nous étions déchirés, séparés, éloignés. Mais, plus tard, nous nous étions rapprochés. Et aujourd'hui je te le rejoue. Autrement. Beaucoup mieux, je l'espère. Au moins grâce aux cordes qui, cette fois, m'entourent, me soutiennent, avec qui je parle, avec qui je chante. Réellement.

Je ne te vois pas mais c'est maintenant à toi que je pense. J'aimerais tant que tu sois près de moi. Laisse-moi penser à toi. Je sens ta présence ce soir, pas seulement celle de mes parents. Ce concert, vous ne le voyez pas, amis qui êtes présents ce soir, c'est évidemment pour vous que je joue, mais c'est aussi pour ceux qui ne sont pas là, qui me manquent mais que je sens curieusement tout près aussi.

Je voudrais ne jamais m'éloigner de ce concerto. Pour rester avec vous qui me manquez.

Restez ici. Jusqu'à la fin. Elle approche et on continue.

Cet « allegro » me rend joyeux, comme je le souhaitais, comme j'y parviens en maîtrisant progressivement mon anxiété.

Mais pourquoi n'aurai-je finalement pas réussi à évacuer toute cette angoisse, toute cette mélancolie qui m'étrangle si souvent ?

Ce troisième mouvement est un feu d'artifice. Après mon entrée en cascade de tierces, la tonalité a voyagé. Mais nous restons bien ancrés sur notre allègre tempo. Nous ne sommes pas dans les *Fantasiestücke* que Schumann annonce « *Rasch und mit Feuer* » (rapide et enflammé) au début avant de demander « *schneller* » (plus vite) puis « *noch schneller* » (encore plus vite).

Ici, non, en 1738 le romantisme n'allait naître qu'environ un siècle plus tard. On peut être expressif et même enflammé sans emballer un train d'enfer. Sans non plus s'enchaîner au pas cadencé. Sans être torturés par un métronome déchaîné.

Tu n'es pas partie, tu es absente. Et pourtant bien présente aussi… Pour tenter de maîtriser ce concerto, c'est toi qui m'as donné la force, le plaisir, le désir, l'acharnement, la patience infinie, la rigueur nécessaire, incessante, permanente mais toujours questionnée, toi qui m'as toujours fait dominer les échecs répétés, permis de supporter la peine, d'apprécier le bonheur des petits succès, de retrouver le sourire. C'est avec toi que je l'ai écouté, réécouté, que j'ai rêvé de le jouer un jour. Mais nous nous sommes quittés. Tu ne viendras pas.

Si ?

Tu vas venir ?

Je ne t'ai même pas prévenue, encore moins invitée.

Peut-être avais-tu appris que nous jouions ce soir ? Aurais-tu vu une annonce quelque part ? Comment pourrais-tu comprendre que je t'attends ce soir ?

Tu vas venir ? Vraiment ?

Mais viens, alors ! Où es-tu ?

Te souviens-tu au moins de ce télégramme où tu m'avais dit : « Je t'aime, même un télégramme ne le dit pas assez vite » ? C'était peu de temps après notre rencontre, il y a bien longtemps déjà, et ce genre de correspondance a progressivement disparu entre nous.

Dans *La Nuit des rois*, Shakespeare fait dire à son comte Orsino : « Si la musique nourrit l'amour, continue à jouer, donne-m'en à l'excès. » Mais il dit cela, en anglais bien sûr, en espérant qu'une indigestion de musique le libérerait de son amour obsédant pour la belle comtesse Olivia…

Ma musique t'aurait-elle donné une indigestion ? Ton absence pourrait-elle être due à cela ? J'ai du mal à y croire. Mais alors, pourquoi ?

ATTENTION !

Une fois de plus, je rêve. Mais j'avais encore une page à tourner et je l'ai fait trop tard. Ce grand blanc d'une mesure entière a dû faire sourire le public et faire peur à mes cordes. Je me rattrape. J'aurais dû anticiper, simplifier, choisir quoi jouer et quoi ne pas jouer. J'ai le droit de ne pas supporter que quelqu'un me surveille de près mais j'aurais dû au moins corner les coins supérieurs de la partition pour pouvoir les saisir plus vite. Décidément je ne suis pas un professionnel. Je n'en serai jamais un.

Mais je me reprends pour un moment de harpe. Mes mains dansent. Je danse au piano, sans sabots. Ah, Harpo Marx… Mes mains s'entrecroisent. C'est de la broderie. L'harmonie ondule, mes épaules aussi, ma colonne vertébrale s'assouplit. Une fois de plus, je m'étais essuyé les mains et jusqu'à maintenant elles sont restées sèches.

À nouveau, Maria João Pires me revient encore en tête, avec son visage fin et ses yeux brillants, ceux de l'intelligence et de la sensibilité. Son extraordinaire talent d'expression m'avait bouleversé. Elle nous avait dit avoir choisi la première partita de Bach avec la dernière des sonates posthumes de Schubert parce qu'elles étaient toutes deux en *si* bémol majeur. J'étais au premier rang, à deux mètres d'elle. Elle avait aussi expliqué qu'elles lui inspiraient, dans une langue pourtant différente, la même mélancolie, la même tendresse, le même enthousiasme. C'est le soir que je n'oublierai jamais où elle avait demandé qu'à la fin on n'applaudisse pas ; il ne fallait pas déchirer le souvenir des sonorités entendues. Mais les gens n'avaient pas pu s'empêcher d'applaudir, de déchirer ainsi le silence dont elle rêvait. Une habitude…

Après le concert, j'avais longuement parlé avec Maria João Pires. J'avais osé lui faire part de mes difficultés de pianiste amateur. Et comme, dans l'antichambre, Anna Pires, sa fille, exposait de petites aquarelles, je lui en avais acheté trois, un cheval et deux danseuses colorées, que j'ai longtemps gardées près de mon propre Yamaha.

Je suis content de mon Yamaha, il est suffisamment grand mais celui de Maria João Pires était un Yamaha de concert et il était meilleur encore. D'après elle, les grands Yamaha de concert sont toujours parfaitement entretenus, toujours très fiables alors que les Steinway peuvent avoir une sonorité plus ronde, plus riche, mais ne sont pas toujours en parfait état le jour du concert.

Quoi qu'il en soit, c'est surtout le ou la pianiste qui trouve le son qu'il ou elle cherche. Seulement voilà, il faut savoir s'en servir. Celui-là me plaisait. Comme Glenn Gould mais dans un style très différent, Maria João Pires savait s'en servir. Richter, lui aussi m'a-t-elle dit, aimait jouer sur Yamaha. Certains pianistes comme Alexandre Tharaud, évidemment professionnels, aiment jouer en concert sur un nouveau piano dont ils ont à apprivoiser le son. Ça les intéresse et leur évite peut-être la monotonie ou l'anxiété…

J'ai gardé précieusement les aquarelles d'Anna Pires et le souvenir de cette discussion avec sa mère.

Attention, la troisième et dernière cadence arrive, et celle-là m'est particulièrement chère, elle aussi. Il faut que je reste concentré. Tout le sens de ce concerto en dépend.

L’éveil d’une ville

Pierre grandit, et sa ville aussi.

Pas à pas, Tours s’éveillait.

À son lycée, son père avait un collègue qui enseignait la littérature mais aimait surtout le cinéma. Pierre les avait entendus parler de la création d’un « festival du court-métrage ».

Un « court-métrage », qu’est-ce que cela pouvait bien être ? Et un « jury » pour couronner un de ces « courts-métrages » ?

– Dis-moi, maman, qui c’est, Abel Gance ?

– Un grand cinéaste qui a réalisé des films célèbres avant la guerre, par exemple *Napoléon*, *Un grand amour de Beethoven* et aussi *J’accuse*.

– Avant quelle guerre ?

– La guerre d’avant que tu naisses. C’était dur, tu sais. On a souffert.

– Et il accusait qui ?

– Ah ça, c’est une longue histoire. C’est Émile Zola, l’écrivain qui avait accusé des menteurs antisémites, tu sais…

– Celui qui a écrit *Germinal* ?

– Oui, le *Germinal* que tu as lu cet été. Donc, en 1898 dans le journal *L'Aurore*, Zola avait écrit une lettre au président de la République pour dénoncer les gens qui accusaient de haute trahison le capitaine Dreyfus, un officier qui n'avait rien fait. En fait, ces gens s'attaquaient à Dreyfus parce qu'il était juif.

– On n'a pas le droit d'être juif ?

– Bien sûr que si, mais tu sais, malheureusement, il y a toujours eu des antisémites en France et ce n'est pas fini. Pendant douze ans, la France a été déchirée entre les dreyfusards qui, comme Zola, défendaient Dreyfus et les antidreyfusards qui l'accusaient à partir de faux documents d'avoir trahi la France. Tu sais, c'était avant ma naissance mais la France est restée divisée sur cette histoire jusqu'à la Seconde Guerre mondiale, et Abel Gance en a fait un film.

– Et Beethoven ? C'est celui qui a écrit les sonates de papa ? Alors, Abel Gance, il aimait la musique, lui aussi ?

– Oui, il aimait la musique et, tu sais, Beethoven, il avait aimé deux femmes, une Thérèse et une Juliette, mais il était devenu sourd, le pauvre.

– Mais comment il pouvait composer de la musique, s'il était sourd ?

– Il écoutait dans sa tête, comme les très grands musiciens, quand ils écrivent des notes, ils les entendent dans leur tête sans avoir besoin de les jouer ! Mais pour parler et se répondre, quand on est sourd, alors là, c'est difficile.

…

– Et tu sais, Beethoven, il a écrit sa sixième symphonie, la *Pastorale*, juste avant de devenir sourd. On entend cette symphonie dans le film d'Abel Gance qui est une histoire d'amour assez compliquée. Mais la septième, la huitième et la neuvième qui est particulièrement riche et complexe, je crois que Beethoven les a composées et imaginées mais pas vraiment entendues.

– Tu sais tout, toi, maman ! Et les autres membres de ce jury qui va couronner quelqu'un, Francis Poulenc et André Bazin, qui c'est ?

– Poulenc c'est un compositeur de musique. Il doit avoir environ 60 ans. Quant à André Bazin, c'est un journaliste qui a écrit beaucoup de livres mais aussi beaucoup d'articles dans les journaux. Avec des amis, il vient de créer une revue qui parle de cinéma, les *Cahiers du cinéma*. Il a aussi écrit des livres sur des réalisateurs célèbres : Charlie Chaplin, Jean Renoir, Marcel Carné...

– Charlie Chaplin, c'est Charlot ?

– Oui, bien sûr.

– Décidément, tu sais plein de choses, toi, maman. Est-ce que je pourrais y aller un jour, à ce festival ?

– Écoute, tu es encore un peu jeune, tu sais. L'année prochaine ou l'année suivante, si tu veux. Tu pourras peut-être même y aller tout seul, si tu en as envie, enfin quand tu seras plus grand. Bientôt.

Dès ses débuts, ce festival allait projeter les premiers courts-métrages de Jacques Demy, de Jacques Rivette, d'Agnès Varda, et couronner Chris Marker, recevoir aussi dans son jury Jacques Tati, Jean Cocteau, Georges Franju, Louise de Vilmorin, Marguerite Duras, Eugène Ionesco... Tous les ans, c'était la fête au Rex et, finalement, ses parents autorisèrent Pierre à y aller. Un certain Jean-Luc Godard déclara :

« Vous ne saurez jamais comme Paris, vu de Tours, est ennuyeux, vulgaire et triste ! »

Et puis Max Ernst créa la statuette *La Tourangelle* mais ce n'était pas pour l'offrir à Pierre qui venait d'avoir 15 ans, c'était pour le lauréat du Grand Prix. Cette année-là, c'était Roman Polanski.

Malheureusement, un peu plus tard, le maire de Tours, un certain Jean Royer, protesta contre l'existence même de ce festival. Surnommé « le père la pudeur », il n'admettait pas que l'on puisse montrer une femme nue dans un film. Cela lui valut quelques caricatures avec un préservatif sur le crâne, et c'en fut fini pour les concours de courts-métrages. Dès l'année suivante, le festival avait disparu. Alors le Grand Magic Circus alla danser nu dans les bassins municipaux, face à la mairie de ce Monsieur Royer. Là, c'était sûr, la ville de Tours s'était réveillée.

L'animation à Tours n'en resta donc pas là, et le jeune Pierre vit sa maman quitter ses élèves du lycée Balzac. Elle ne rentrerait plus aussi souvent à la maison, elle irait enseigner au Collège littéraire universitaire qui venait de naître et allait devenir l'université François-Rabelais. C'était plus loin, dans la vieille ville, près de la Loire. Là-bas, elle allait avoir de plus grands élèves et pouvoir leur parler de littérature plus en profondeur.

C'est l'époque où Pierre entreprit de lire tout Balzac mais il n'y arriva évidemment pas. Alors sa maman lui donna à lire trois contes d'un certain Flaubert. Et puis, comme il apprenait le russe au collège, et comme il avait eu le premier prix de russe, le lycée lui avait offert *Guerre et Paix* de Tolstoï. C'était un peu épais, alors sa maman lui donna à lire *Enfance* de Gorki. Mais celui qui lui avait vraiment plu, c'était *Dominique* d'un certain Eugène Fromentin. C'était une tendre histoire d'amour et Pierre était un tendre. Quant à l'amour, cela commençait à l'intéresser.

Puis sa maman lui proposa de l'accompagner à un concert où le compositeur lui-même serait là. « Un événement », lui avait-elle dit. Ils y allèrent donc bras dessus bras dessous. Il était fier. Sa maman avait mis des hauts talons car il était déjà plus grand qu'elle.

Dans la salle, il n'y avait personne de son âge. Il se tenait droit pour avoir l'air grand. Il n'avait jamais entendu une flûte dialoguer ainsi avec une clarinette. Il resta donc bien silencieux, il ne se pencha pas une seule fois pour demander à sa maman ce qu'elle en pensait et, à la fin, le compositeur était venu saluer avec les musiciens. Cette musique contemporaine avait enthousiasmé le public. Alors, sa maman lui acheta un petit disque pour que Pierre aille demander un autographe à ce compositeur et qu'il s'en souvienne. Il put donc lire son nom : André Jolivet. C'était son premier autographe.

Peu de temps après, ses parents découvraient un jeune Italien qui venait de remporter le Concours Chopin, un certain Maurizio Pollini qui n'avait que 18 ans, à peine quelques années de plus que Pierre. Ce Pollini avait déjà enregistré un disque que tout le monde s'arrachait. Sur ce disque, Pierre avait découvert la deuxième sonate de Chopin que son père ne jouait pas. Était-ce parce qu'elle contenait une trop célèbre marche funèbre ? Pierre avait surtout remarqué que Pollini avait aussi enregistré trois mazurkas !

« C'est vraiment admirable, la manière dont il joue Chopin, n'est-ce pas ? Depuis Brailowsky, aucun pianiste ne m'a bouleversé à ce point. C'est la rigueur et l'extrême sensibilité à la fois. Tu ne trouves pas ? » lui dit son père, son père qui se préoccupait déjà de son avis de mélomane naissant.

« Mais tu sais, les mazurkas, c'est obligatoire à ce très grand concours que les pianistes essaient de remporter tous les cinq ans depuis plus de trente ans. Il y a aussi des polonaises, des études, plein de magnifiques autant que difficiles chefs-d'œuvre. »

L'année de ses 16 ans, Pierre venait d'entrer en classe de terminale, il allait passer la deuxième partie de son baccalauréat dans quelques semaines, et il y eut ce concert dont tout le monde parlait dans cette petite ville qui, décidément, s'animait. On annonçait la venue d'un très, très grand pianiste. On n'avait pas de salle de concert suffisante pour l'accueillir à Tours, mais qu'importe, le « grand théâtre » ferait l'affaire. On avait même affrété une micheline pour amener en train des centaines de Parisiens.

Ce très grand pianiste, c'était Sviatoslav Richter, qui avait donc obtenu l'autorisation de sortir de son URSS et venait en France. Mais pas n'importe où, à Tours où il se sentait chez lui. Une association avait été créée, et son père en faisait partie, la Société des amis de la musique. Les mélomanes fondateurs de cette société avaient rencontré Richter qui semblait être tombé amoureux de la Touraine et voulait y créer un festival. Mais où jouer ? On allait l'emmener visiter des lieux pour qu'il en trouve un à son goût. On ne trouvait pas encore mais, en attendant, il avait promis de donner un concert exceptionnel. Ce serait à ce « grand théâtre » qui n'avait de grand que la longueur des rideaux rouges de sa scène.

Apparemment, le monde entier parlait déjà de Richter alors qu'il n'avait pu sortir d'URSS que trois ans auparavant. Au programme, il avait donc affiché les trois dernières sonates de Beethoven. Pierre les connaissait, ces trois chefs-d'œuvre. Il en tournait régulièrement les pages pour son père. Après de nouvelles séances de métronome, il les enchaînait toutes les trois pour la famille réunie. Pierre y sentait naître la vague du romantisme qui allait bientôt déferler. Il aimait les douces cascades qui introduisaient la première des trois, l'opus 109, disait son père. Et la fugue avec son miroir à la fin de la deuxième, dans l'opus 110, était-ce un hommage à Bach ? Quant au double coup de canon qui ouvre la dernière sonate, l'opus 111, il lui plaisait d'autant plus qu'il était suivi, après une brève respiration, d'un formidable roulement de tambour dès la deuxième mesure. Pierre aimait déjà ces sonates, surtout ces trois-là, et il osait parfois demander à son père de les lui rejouer pour lui tout seul. Celui-ci souriait et s'exécutait. Avec plaisir.

Alors, ils décidèrent d'aller tous ensemble écouter Richter. C'était l'événement musical de l'année. Sans aucun doute. Et là, Pierre découvrit la fascination que pouvait exercer un très grand artiste qu'on écoute de près.

Il écoutait beaucoup de disques à la maison, du Bach bien sûr, par exemple le concerto en *ré* mineur qu'on lui avait offert, mais aussi la musique symphonique de Brahms ou le deuxième concerto de Saint-Saëns, et souvent Dinu Lipatti qu'il essayait d'imiter dans ses *Impromptus* de Schubert ou dans ses valses de Chopin. Sa maman était venue l'écouter. Mais son papa avait fait remarquer que, dans une telle musique, il fallait faire chanter les phrases et bien tenir le tempo. Il avait sans doute raison. Pourtant, Pierre s'était un peu éloigné du grand Steinway noir.

Mais ce soir-là, au « grand théâtre », entendre les trois dernières sonates de Beethoven à quelques mètres d'un aussi grand artiste, ce fut un véritable choc. Il revint sur le clavier d'ivoire malgré les critiques paternelles. Il ne jouait pas bien ? Tant pis, il aimait le piano. Il avait beau faire de la course à pied et commencer aussi à courir après quelques filles de son âge, n'avoir plus le temps d'aller au conservatoire, il ne quitterait jamais le piano.

Bref, la venue de Sviatoslav Richter fut pour Pierre, l'année de son bac, un choc culturel, et cela continua. En effet, cette année-là, on fit découvrir à Richter une grange à foin qui n'était pas très loin, mais offrait de splendides piliers et poutres datant du treizième siècle comme la ferme qui l'entourait. La Grange de Meslay allait devenir célèbre et dès l'été suivant, non seulement Pierre avait bien réussi son bac, non seulement Richter revenait mais il venait avec ses amis ! Cette grange commença donc à attirer la France entière et même au-delà. C'est ainsi que, d'année en année, il put écouter David Oïstrakh, Élisabeth Schwarzkopf, Pierre Boulez, plus tard Mstislav Rostropovitch. Difficile à prononcer, ce prénom-là, mais Pierre avait entraîné sa langue en cours de russe. Et beaucoup d'autres.

Ensemble, Oïstrakh et Richter avaient joué des sonates de Schubert, de Brahms et de César Franck. Fasciné et sans vraiment réaliser le travail que cela lui demanderait, Pierre demanda à son père :

– Moi aussi, j'aimerais bien jouer de la musique de chambre. Y a des sonates pour piano et violon que je pourrais jouer ? J'ai un copain qui joue du violon…

– Tu pourrais peut-être essayer le *Printemps* de Beethoven ?

Il proposa donc ce *Printemps* à son copain mais l'essai ne fut pas encourageant. Le copain était très loin d'avoir une sonorité comparable à celle d'Oïstrakh, et évidemment Pierre à celle de Richter, mais surtout ils se perdaient tout le temps l'un l'autre. Ils s'arrêtaient donc sans cesse. Pauvre Beethoven ! Tout cela bégayait dans une mer de fausses notes. Ils n'insistèrent pas.

Pour quelque temps, la tentation de courir après les filles l'emporta sur la course aux notes de musique. Il se mit aussi à approfondir ses connaissances en mathématiques.

À la Grange de Meslay, Pierre avait aussi entendu Richter jouer deux sonates de Prokofiev, la septième et la neuvième. Quelle virtuosité ! Quelle découverte ! Pierre comprit que jamais il ne serait capable de jouer une musique aussi difficile. Cette fois, il était assis sur le bord du premier rang. En effet il avait réussi à se faire embaucher dans le groupe d'ouvreuses qui vérifiaient les billets et plaçaient les gens. La mairie avait regardé sa candidature un peu vite, et pris Pierre pour une jeune fille car personne n'avait pu imaginer qu'il puisse y avoir un garçon dans le groupe d'« ouvreuses ». Enfin, Pierre ne s'était pas offusqué pour si peu, il s'était fait propre et avait assisté à tous ces concerts gratuitement. Sans autre rémunération mais peu lui importait.

Alors, il continua ses études avec plaisir, enfin à condition de ne jamais trop s'éloigner du Steinway A.

Silence

Et voilà quatre ultimes cascades de triples croches et de triolets de doubles. Elles sont furieuses mais il faut que je les fasse légères, limpides, afin d'arriver en douceur à la troisième et dernière cadence, un « point d'orgue », un moment de respiration qui me fait à nouveau frissonner.

Cette dernière cadence est un petit adagio de moins d'une demi-ligne pour reprendre son souffle, juste un instant d'adoucissement du tempo. Plus tard, Beethoven, Mozart et leurs interprètes ont profité des cadences pour écrire des exercices de virtuosité où l'orchestre écoute le soliste développer de brillantes variations sur le thème principal avant de se rejoindre à la fin d'un long trille pour quelques lignes finales. Mais ici, non. C'est une sorte de court ralenti, un silence discret bien qu'orné, une dernière respiration.

Ensuite, on va reprendre le thème à l'unisson, aussi brillamment que possible mais sans excès, dans le tempo du départ. Ce thème, on s'en souvient bien.

Mais tu sais, c'est comme ton visage qui me revient tout à coup.

En cette fin du concerto, tu es près de moi, tranquille et souriant pendant ces trois dernières lignes. Tout à coup, j'ai envie de te rejouer ce concerto, tout seul en pensant à toi, triste et heureux à la fois, sur mon Yamaha. Je serai apaisé, curieusement triste et heureux à la fois.

Mais je repense soudain à ton Steinway A. J'adorais sa sonorité. Il faut que j'aille rejouer dessus. En fait, c'est sur lui que je devrais te rejouer ce concerto. Et mon quatuor viendrait aussi. Pour te rendre hommage. Ils étaient venus chez toi, il y a longtemps déjà, pour jouer ensemble, pendant tout un week-end, autour de ce bel instrument.

Point d'orgue. Il faut que je l'atteigne en douceur, voilà, oui, comme ça, sans le moindre choc, que je m'y arrête juste le temps d'une respiration, sans rompre la mélodie.

Une fois de plus, au moment d'atteindre ce point d'orgue, notre chant fait une très légère pause et j'imagine que, dans une balançoire à montants rigides, en prenant beaucoup d'élan, nous montons jusqu'au point d'équilibre instable, mais sans le dépasser, sans tomber de l'autre côté. Ce point d'orgue me fait penser que nous touchons brièvement une sorte d'équilibre entre la vie et la mort. Mais ce n'est pas une chute, non, surtout pas.

Je fais un trille discret et on reprend le thème du départ, brillamment cette fois, et tous ensemble.

Je ne m'en suis pas mal sorti.

Et maintenant, attention à la dernière mesure : pas de faute, pas d'erreur, il faut finir fièrement, comme si la vie avait gagné, juste avec un léger ralenti pour déposer sans frapper le dernier accord de *ré* mineur. Quant à cet accord, il faut le tenir juste le temps d'une noire, comme c'est indiqué, suivi de deux vrais silences, donc il ne faut pas le faire durer comme si c'était un cri de victoire. Même si on pouvait en avoir envie, il ne faut pas lui mettre de pédale. Ce serait de mauvais goût et ce n'est pas cela qui est écrit.

Voilà, nous y sommes, et je repense à vous, à vous tous qui n'êtes pas là ce soir, à toi en particulier sans qui je n'aurais jamais joué de piano.

À toi qu'une épaisse dalle de granit protège désormais.

Ce jour-là, nous étions comme paralysés et nous n'avions pas prévu la moindre cérémonie ni même la moindre réunion. Nous aurions pourtant dû au moins faire entendre l'un de tes enregistrements. Ne serait-ce que pour remercier tous les amis qui nous avaient rejoints, en ce dernier jour près de toi.

Tu sais, c'est surtout à ta mémoire que j'ai joué ce concerto, en ce soir où tu aurais eu 100 ans. J'aurais dû te le jouer depuis longtemps. Serais-tu venu jusqu'ici ? Tu étais bien venu nous écouter, un jour où j'avais accompagné Nicole dans un récital de *lieder* romantiques.

Trois semaines avant de nous quitter à ton tour, tu étais seul sur le perron de ta maison bretonne. Elle était vide, cette maison où nous t'avions écouté pendant des décennies.

Notre mère venait de nous quitter tous et tu ne pouvais plus jouer pour elle.

Mais je ne pouvais pas rester près de toi. Je devais rentrer à Paris et je t'ai abandonné.

Tu as fondu en larmes.

À peine quelques jours plus tard, c'est l'hôpital qui nous a appelés. En urgence. C'est toi qui partais. À ton tour et cette fois pour de bon. « Pour de bon », quelle expression ! Pourquoi pas « pour le pire » ?

J'ai accouru. Tu étais dans le coma. J'ai attendu d'être seul avec toi. Puis je t'ai pris dans mes bras, comme je n'avais jamais osé le faire avec une telle tendresse.

Le lendemain, c'était fini.

Ils applaudissent mais je ne les écoute pas. Je t'ai rejoint ailleurs. Tu n'auras jamais entendu mon interprétation de ce concerto, et pourtant, sans toi, je n'aurais jamais touché un piano.

Je ne battrai plus la mesure à coups de pied, près de toi. Et pourtant, je ne te l'ai jamais dit mais tu es tout près, à mes côtés, chaque fois que je touche un clavier.

Tu étais le grand professeur de mathématiques qu'ils continuent d'admirer, me répètent tes anciens élèves de mathématiques. Mais tu n'étais pas un grand professeur de musique ? Pourtant tu m'as transmis ta passion pour le piano autant que tu as fait comprendre les équations à tes lycéens. Eh bien, ce soir, une fois de plus, tu étais là, près de moi sur cette scène. C'est toi qui m'as fait douter de moi-même, mais c'est grâce à toi que j'ai réussi, ce soir, à jouer ce concerto en entier, sans trop d'erreurs ni, je l'espère, trop de fautes de goût.

Dès demain, je vais appeler Monsieur T. Il m'avait dit qu'il pourrait restaurer ton Steinway. Il va venir le prendre chez nous. Il va me recoller la table d'harmonie qui est fendue depuis longtemps. Elle l'était déjà quand tu jouais dessus, et moi aussi. Elle avait dû avoir trop chaud un jour de sécheresse. Heureusement que cela ne tuait pas sa sonorité mais ce sera mieux après une restauration, et je serai content de faire ce que tu n'avais jamais eu l'argent nécessaire pour payer toi-même. Monsieur T. va aussi me changer les cordes qui sont fatiguées, et changer tous les feutres des marteaux qu'il faut aussi restaurer à l'occasion d'un réglage complet. La sonorité va redevenir riche, ample et chaude. La mécanique de ce Steinway A sera précise, comme elle avait dû l'être à sa naissance, en 1913, un peu avant ta propre naissance…

Devrais-je aussi lui demander de restaurer le vernis du pupitre, des pieds et du couvercle ? Je n'ai jamais su quand ce désastre avait eu lieu, mais un vase de fleurs l'avait inondé. Il avait laissé une large boursouflure. Tu devais être fou de rage ce jour-là. Qui avait bien pu mettre ce vase sur notre Steinway ? Et qui l'avait renversé ? J'ai envie aussi de faire revernir ce couvercle, mais plutôt en noir mat. En noir brillant, ce serait probablement inadapté à un aussi noble centenaire. Il faudrait qu'il conserve la beauté de son âge.

Et ensuite, j'aimerais te jouer un peu de musique, par exemple la première fugue de *L'Art de la fugue*, en hommage à Bach qui l'a écrit et presque terminé dans les dix dernières années de sa vie. Pourquoi ne nous jouais-tu jamais ces fugues ? Et ensuite, je te jouerais les *Consolations* de Franz Liszt. Sur notre Steinway restauré, cela devrait chanter avec la légèreté et la douceur nécessaires. Enfin, j'aimerais te jouer un peu de musique espagnole pour nous mettre de bonne humeur. Que dirais-tu de l'*Andaluza* de Granados et de la *Malagueña* d'Albeniz ? Cela te ferait plaisir ? Me dirais-tu que j'ai fait quelques progrès ?

Personne d'autre ne nous écouterait. Ce serait entre nous deux une sorte de cérémonie privée, et je ne te demanderais pas de tourner mes pages.

Finalement je te remercierais.

Tout seul.

En silence.

Remerciements

C'est tout près de l'immense Bösendorfer de la Fondation des Treilles, en septembre 2019, que j'ai été invité à entamer l'écriture de ce livre. Non loin de délicieux raisins et de nombreux figuiers, j'ai pu y bénéficier d'un accueil extraordinaire, d'une bibliothèque très intelligemment fournie et entretenue, d'une gastronomie raffinée, de la compagnie discrète d'une photographe, d'un écrivain, et de plusieurs scientifiques de passage. À toutes les personnes concernées, j'exprime ma profonde reconnaissance.

Créée par Anne Gruner Schlumberger, la Fondation des Treilles a notamment pour vocation d'ouvrir et de nourrir le dialogue entre les sciences et les arts afin de faire progresser la création et la recherche contemporaines. Elle accueille également des chercheurs et des écrivains dans son domaine du Var (www.les-treilles.com).

Je remercie aussi Madame Françoise S. : dans le silence provençal de l'une de ses chambres d'hôte, j'ai écrit quelques chapitres de ce livre.

C'est aussi grâce au confinement imposé par l'épidémie de la Covid-19 que j'ai retrouvé, en 2020, la solitude nécessaire pour terminer mon manuscrit. On comprendra que je ne tiens cependant pas à remercier son coronavirus. Au contraire, je suis profondément reconnaissant à tous les amis qui m'ont encouragé à écrire sur mon rapport à la musique.

Table

DU MÊME AUTEUR

Chez Odile Jacob

La Pomme et l'Atome, 2005 (édition poche en 2009, traduit en anglais, turc, arabe et italien)

Demain la physique (dir. avec E. Brézin), 2004 ; nouvelle édition 2009

Savant cherche refuge, 2019

Chez d'autres éditeurs

Je casse de l'eau, Le Pommier, 2008 (traduit en arabe)

Chercheur au quotidien, Seuil, 2014

Climat : y voir clair pour agir, Le Pommier, 2015

Cet ouvrage a été composé
en Adobe Garamond Pro
par Nord Compo
à Villeneuve-d'Ascq (Nord).

*Cet ouvrage a été imprimé sur du papier
dont les fibres de bois proviennent
de forêts durablement gérées*

Cet ouvrage
a été achevé d'imprimer
sur les presses de la
Nouvelle Imprimerie Laballery à Clamecy
en octobre 2021

N° d'édition : 4150-0027-X – N° d'impression : 109619
Dépôt légal : octobre 2021

Imprimé en France